HILKA SECUESTRADA

Pedro Casals

ANAYA
MULTIMEDIA

¡HILKA SECUESTRADA!

EL CLUB DE LOS CIBERCHAVALES

Pedro Casals

ANAYA
MULTIMEDIA

EL CLUB DE LOS CIBERCHAVALES

RESPONSABLE EDITORIAL:
Juan Costa Martínez

AUTOEDICIÓN:
María José Ortiz
Eva María López

ILUSTRADOR:
José Pablo Espada Jiménez

REALIZACION DE CUBIERTA:
Gracia Fernández-Pacheco

Juan Ignacio Luca de Tena, 15. 28027 Madrid
Déposito legal: M.44.369-1996
ISBN: 84-415-0086-X
Printed in Spain
Imprime: Artes Gráficas Guemo, S. L.
Febrero, 32. 28022 Madrid

Todo parecido entre los hechos y los personajes que aparecen en este libro y los reales es pura coincidencia.

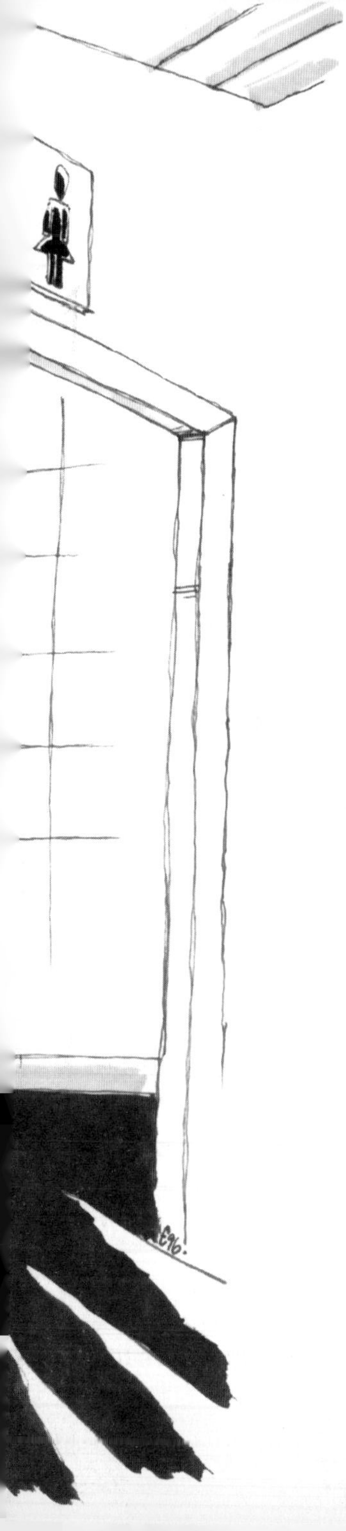

El mes de junio se estaba acabando. Los del club de los ciberchavales iban a encontrarse esta vez en San Francisco, la ciudad de Bill.

La primera en llegar fue Clara. Voló desde Barcelona y, en cuanto dejó la maleta en el hotel, montó en tranvía con el muchacho arriba y abajo.

Pasearon por el Barrio Chino, comieron buen pescado en el Fisherman`s Wharf; admiraron las casas victorianas del barrio de Bill, cerca de Alamo Square.

Él con el mechón de pelo rubio sobre los ojos azules y cálidos; ella, menudita, de cabello oscuro muy corto y cuidado.

El chico vivía con su padre en un apartamento que se encontraba dentro de la piel de una de aquellas casas victorianas de muchos colores, columnas de mármol, chimeneas trabajadas. Edificios decorados con panes de oro e imitaciones de dólares de plata.

El chaval y su amiga se acercaron al aeropuerto. El avión de Hilka llegó en punto. Era una ojazos de mirada gris y apareció con una maleta de ruedas y una bolsa. Los abrazó con fuerza: "A Clara le sienta bien estar con Bill, vaya alegría tiene en la mirada. Da gusto verla..."

El viaje desde su Berlín había sido largo pero la ilusión de llegar hizo que se olvidase del cansancio:

-Tenía tantas ganas de estar aquí. Quiero verlo todo... Por mí, podemos empezar ahora mismo.

No se dieron cuenta de que un individuo de cara sonrosada también estaba esperándola oculto tras el periódico que simulaba leer.

Hilka pidió a sus amigos que cuidasen de su equipaje, y se encaminó a un baño que no se veía desde allí.

El individuo que andaba al acecho siguió con disimulo a la chica y esperó que volviese a aparecer. Llevaba un cuchillo estrecho y afilado. Desde aquel punto Bill y Clara no podían verle ni imaginar lo que estaba a punto de suceder.

Y pensar que Bill había puesto tanta ilusión en aquel encuentro en San Francisco con los ciberchavales... Desde que se vio ganador de la liga, dedicó mucho tiempo a organizarles el viaje. Los muchachos competían en su juego que consistía en buscar respuesta por Internet a los enigmas que se plateaban entre ellos mismos sobre la vida y milagros de los grupos musicales.

Desde que acertó que eran precisamente los Rolling Stones quienes habían echado a andar en julio de 1962, Bill entró en racha y terminó ganando.

Le llevó a la solución la biografía que encontró pasando por la dirección:

http://www.leo.org/~tromsdor/stones-band.html

La victoria dio al chaval el privilegio de poder elegir el lugar del próximo encuentro de los del club, y también el no poco trabajo de organizar el viaje.

Pero volvamos a lo que estaba ocurriendo en el aeropuerto. Tan pronto como Hilka salió del cuarto de baño, el hombre sonrosado se le acercó y le apoyó en un costado la punta del cuchillo oculto bajo un pañuelo de seda:

-Si gritas, estás muerta.

La agarró por el brazo como si fuese un novio cariñoso. Antes que pudiese reaccionar, la chica se vio dentro de una ambulancia que salió a mucha velocidad.

Todo el mundo abría paso al vehículo dotado de falsos destellos de luz y sirena; incluso la policía, con buena intención, les ayudó en un cruce.

Al principio Bill y Clara no dieron importancia a lo que estaba tardando Hilka, pero pasaban los minutos y comenzaron a impacientarse.

-¿Se encontrará mal? -se preguntó el chico.

-Voy a ver.

-No me moveré.

Bill se sentó sobre la maleta verde de la chica alemana. Junto a sus pies tenía la bolsa del mismo tono, "debe de llevar ahí el portátil, y no quiero exponerme a que alguien lo haga desaparecer... -Se fijó en el color del equipaje y sonrió-: Esta Hilka tiene el alma tan ecologista que hasta lleva verdes las maletas".

Clara se metió en el baño. Buscó a Hilka, la llamó, preguntó por ella. Fue inútil. Entonces se alarmó: "¿Dónde se habrá metido?"

Fue al encuentro de Bill y se pusieron a buscarla por el aeropuerto, "quizá se haya despistado, aunque la cosa parece muy rara".

Cada cuarto de hora fueron regresando al punto en que se habían encontrado con ella, "por si nos está esperando".

Y, nada. No apareció.

Los muchachos, muy inquietos pidieron ayuda a la policía. Llamaron a Hilka por los altavoces, mostraron una foto en que aparecía con los ciberchavales, buscaron por todas partes y sólo dieron con una posible pista. Un empleado de una compañía de alquiler de coches recordaba haber visto a una joven "que podía ser ella". El hombre declaró:

-No estoy seguro, pero... Me fijé en que la metían en una ambulancia. La cosa resultó extraña porque la chica no parecía tener ganas de irse con ellos... Aunque quién sabe. Pensé que estaba loca o que había bebido..., o tomado algo...

La policía abrió un expediente con los datos y la vaga descripción que dio del vehículo. No recordaba nada sobre los que la acompañaban.

El agente que atendió a los muchachos era grandullón y llevaba el pelo como un erizo. Antes de llevarlos hasta la ciudad anotó sus direcciones.

-Vivo en la calle Scott, cerca de Alamo Square -dijo Bill.

Y le dio el número y el teléfono.

Clara y los demás ciberchavales tenían habitaciones reservadas en un hotel a dos pasos de Union Square.

Ella y Bill acribillaron a preguntas al policía mientras los llevaba al centro de San

Francisco.

-¿Qué puede haber ocurrido? -le soltó la chica.

-Puede haberse perdido. -Se aclaró la voz-: Por cierto, voy a necesitar que la familia denuncie la desaparición de Hilka.

-Su madre vive en Berlín y todavía no la hemos avisado.

El policía puso cara de desconfianza:

-¿Pensáis que vuestra amiga puede haberse escapado con alguien?

-¡Qué va! Lo hemos hecho por no asustar a su madre.

-Veremos.

-¿Qué veremos?

-Quizá tiene un novio secreto en San Francisco y os ha dejado plantados... A lo mejor ha conocido a un chico en el avión.

-Nos lo hubiera dicho.

-Quizás aparezca en el hotel.

-¿Podemos llamar y comprobarlo? -dijo ahora Bill.

-Ya lo he hecho antes de salir del aeropuerto, y no. No había llegado.

-¿Qué opina usted? -dejó caer la chica.

-Debo atenerme a los hechos. De momento sólo puedo afirmar que vuestra amiga no aparece.

-¿Ha habido otros casos?

El agente apretó los dientes, dudó y a contrapelo:

-No es raro que desaparezcan jóvenes.

-¿Qué puede haber pasado? -insistió.

-Ya os lo he dicho. En el mejor de los casos, un despiste. -Sonrió con malicia-. Otra posibilidad: que se haya dado el piro.

-Eso es imposible.

-¿Estás muy segura?

-Hilka nunca lo hubiera hecho sin avisarnos.

-Mientras no se demuestre lo contrario, no podemos descartarlo.

Clara, con cara de malas pulgas:

-Olvídese de esa tontería, y pensemos en cosas peores.

-No llamemos al mal tiempo.

-Supongamos que fuera cierto lo de la ambulancia.

El policía negó con la cabeza:

-He verificado todos los hospitales, y... no. No ha ingresado ninguna Hilka.

-Supongamos que no fuese una ambulancia -dijo Bill.

-Quieres decir que se la pueden haber llevado en coche.

-Sí.

El agente entrecerró los ojos:

-¿Conocía a alguien más en San Francisco?

-No.

-Lo pregunto porque otra posibilidad consiste en que también la estuviese esperando algún amigo o familiar y...

Clara le interrumpió:

-No, no. Me dijo que sólo nos conoce a nosotros en San Francisco.

-Muy bien -admitió el agente mientras conducía con calma por la autopista llena de coches-. Debemos considerar también la posibilidad de...

Se interrumpió.

Clara y Bill abrieron mucho los ojos:

-La posibilidad ¿de...?

-De un secuestro.

ANCE

El hombre de rostro sonrosado que acababa de secuestrar a Hilka iba en la parte trasera de la ambulancia y mantenía la punta de su cuchillo apoyada en la chica.

Conducía un melenudo jovencísimo de reflejos de gato y cara de hiena que estimulaba al vehículo como si anduviese a lomos de un caballo.

-¡So! -gritó al dar un frenazo. Y volvió a arrancar como una furia-: ¡Arre!, ¡arre!

Hilka preguntó al del cuchillo:

-¿Qué quieren?

Al hombre se le rompió la boca en una sonrisa descompuesta:

-Te queremos a ti.

-¿Para qué?

El tipo aquel se echó a reír con carcajadas histéricas.

-¿Sabes qué es un secuestro? -acertó a preguntar entrecortadamente.

-Mi madre no tiene dinero. Se han equivocado de persona.

-Qué va. Hace tiempo que te estamos estudiando, y tienes el perfil justo.

Un escalofrío recorrió la columna vertebral de Hilka, pero trató de hablar con resolución:

-¿Dónde me llevan?

El hombre frunció el ceño.

-Demasiadas preguntas. -Le apretó la punta del cuchillo hasta hacerle daño, y ordenó-: Ahora, cierra el pico.

La ambulancia se detuvo unos instantes en un semáforo relinchando a sirenazos. Mientras los coches de delante se echaban a un lado para abrirles camino, la chica dio un empujón al tipejo aquel y trató de huir pero la puerta estaba bloqueada y no pudo hacerlo.

El hombre la agarró con ira y le dio un empujón que la llevó a encajarse en su asiento de la falsa ambulancia.

-Si vuelves a hacer otra tontería, pobre de ti -advirtió con malignidad.

-Está loco. Se ha equivocado de chica.

-No, Hilka. No.

-¿Conoce mi nombre?

-Claro.

-No entiendo nada.

El secuestrador dijo:

-¿Recuerdas unas ofertas en la red de excursiones ecológicas de exploración personal a lugares maravillosos? ¿Recuerdas mis mensajes por Internet?

Los ojazos de la chica se apagaron, qué decepción.

-Entonces, ¿era un truco? -exclamó desalentada.

-Claro, imbécil. Si hasta me enviaste tu foto.

-Y ahora, ¿qué?

-Te hemos vendido.

La chica palideció:

-¿Cómo dice?

-Tu foto ha gustado mucho, y nos ha sido fácil colocarte.

-¿Colocarme...?, ¿dónde?

El hombre la observó con mirada húmeda, y dijo:

-En un harem, en Oriente. Vivirás con las otras mujeres de un hombre riquísimo. Será tu dueño.

El policía dejó a Bill y Clara en el hotel. Al fondo de la enorme recepción había una línea de mostradores. Preguntaron a la pelirroja que les atendió:

-¿Ha llegado nuestra amiga de Berlín?

Le dieron los datos de Hilka.

La recepcionista se puso a teclear en el ordenador:

-Hilka va a compartir habitación con Clara, ¿verdad?

-Exacto.

Con boca de no:

-No ha llegado todavía. ¿Queréis dejarle algún mensaje?

Les dio papel y lápiz.

Clara escribió:

Hola Hilka.

Si llegas al hotel y no nos encuentras, déjanos una nota para que sepamos dónde vas a estar.

Hasta pronto.

Clara.

Subieron el equipaje a la habitación. Se encontraba en un piso elevado y desde allí se veía el techo de la ciudad y el tono oxidado del puente Golden Gate, al fondo.

Bill propuso:

-Tenemos que pedir ayuda.

-Voy a poner un mensaje a mi padre -dijo Clara mientras se cambiaba la pulsera por otra negra-. Ya sabes; es policía, conoce a todo el mundo y le dirán como está la cosa.

El chico hundió los puños en los fondos de los bolsillos de los tejanos:

-Tengo el ordenador en casa, aunque...

Palpó la bolsa de mano de Hilka.

Clara le preguntó:

-¿Lleva ahí el portátil?

-Creo que sí. -Abrió la cremallera-. Aquí está y también el teléfono móvil. Apareció un Pentium a 150 megaherzios, SVGA color de 2 megabytes VRAM dotado de un módem externo de 33.600 baudios.

- Con esto podemos acceder a Internet. ¿Sabes la contraseña?

-Supongo que será la de nuestro club.

Solían usar **ciberal**, que venía de **cíber** y chav**al**.

La probaron y funcionó.

Bill andaba dando vueltas y más vueltas, frenéticamente, a lo de Hilka:

"No es chica de despistarse, ¡qué va! Puede que sea verdad lo de la ambulancia, aunque la cosa no tenga pies ni cabeza... ¿Qué le habrá pasado? ¡¿Qué...?!"

Y en voz alta:

-Si ha llamado a casa, no habrá encontrado a nadie. Mi padre está de viaje .-Comiéndose las palabras-: Trabaja en una compañía de transporte aéreo y no para, hoy debe de andar por Australia.

-Tenemos que avisar también a...

El chaval no la dejó acabar:

-Vamos a mandar un e-mail a tu padre y a Marilyn.

Se refería a su tía Marilyn, una periodista de San Diego que sabía cómo moverse cuando aparecían problemas.

Clara añadió:

-Y a Yoshio. Debe de estar aún en Tokio.

Yoshio, el ciberchaval japonés, era un entusiasta de los ordenadores e Internet. Su arsenal de aparatos se encontraba en un rincón del almacén del comercio de informática de su familia. Aquellos días estaba entusiasmado con el adaptador de audio PCMCIA que daba a su portátil un sonido de alta fidelidad de 16 bit.

-Liu y Gautam deben de estar volando en estos momentos -dijo Bill-. Se lo diremos en cuanto lleguen.

-De momento es mejor que no avisemos a la madre de Hilka. La pobre...

-De momento... Pero si no aparece pronto, habrá que hacerlo.

Bill clavó los ojos en sus calcetines, que parecían la piel del tigre, y comenzó a teclear.

Se fue a *Eudora*, luego a *Ventana*.

Hizo clic en *Aliases*, "tiene todas las direcciones en su agenda, será fácil enviar los mensajes". Marcó el primer destinatario -el padre de Clara-, hizo un clic en *A:*

Puso como tema: *Desaparición de Hilka*, y dijo:

-Voy a escribir el mensaje. A ver...

Hilka ha desaparecido. Necesitamos ayuda.

Ha llegado hoy al aeropuerto de San Francisco. Hemos estado con ella unos minutos, pero ha ido al baño y ha desaparecido. La policía la está buscando.

Clara y Bill.

Añadió al final los datos del vuelo y hora de llegada.

Volvió a *Ventana*, dio un toquecito en *Aliases*, marcó esta vez el nombre de tía Marilyn y luego *Cc:*

Repitió la operación con Yoshio, y se dijo: "Ya puedo irme a *Cola* y *Enviar Mensajes en Cola*." Lo hizo y la mala noticia salió hacia los tres destinatarios.

Clara miró sin ver el panorama de tejados de San Francisco y los ojos se le llenaron de lágrimas, "¿dónde estás, Hilka?"

Mientras tanto Bill pensaba: "Puede que Hilka se haya despistado y nos haya perdido de vista. Puede que al salir del baño se haya equivocado de dirección y se haya ido hacia el otro lado. Es tan grande el aeropuerto... Puede que no haya sabido qué hacer y haya buscado alguna forma de ir desde el aeropuerto al centro de San Fancisco."

El chaval se puso a teclear en el portátil. Se fue al buscador *Lycos*. Entró en *City Guide*, hizo clic en *San Francisco* y luego en *Visitor Info*. Allí introdujo las palabras:

Airport transportation

Y luego dio un toquecito a:

Airport transportation service

Fueron apareciendo mapas de San Francisco divididos en zonas con los medios de transporte recomendados, sus direcciones y teléfonos.

Llamó a los que andaban cerca del hotel.

Y nada. Nadie parecía haber visto a Hilka.

IRA

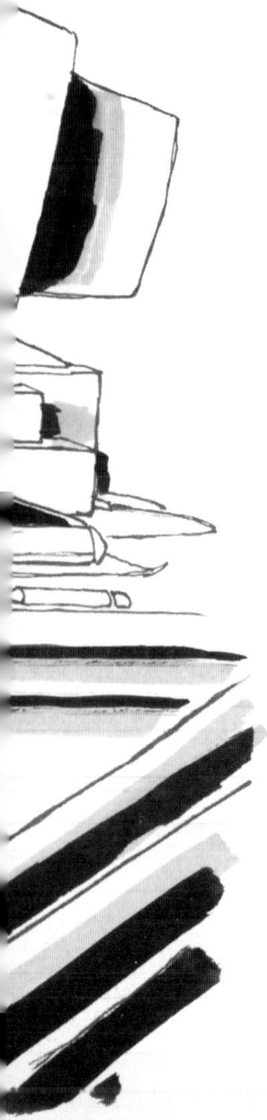

Yoshio estaba "charlando con el ordenador". Le encantaba abrir aplicaciones por el procedimiento de darle órdenes hablando, con su propia voz, gracias al programa *Just Voice*.

Soñaba con el viaje a San Francisco, "me muero de ganas de que mi avión despegue". Qué lejos andaba de imaginar desde Tokio lo que le pasaba en aquellos momentos a Hilka.

El chaval japonés se puso a navegar por Internet. Encontró una página Web con información sobre ciudades de Estados Unidos en:

http://cityguide.lycos.com/index.html

Hizo clic sobre el mapa de California y apareció una lista de ciudades del oeste de los Estados Unidos. Ahora, dio un toquecito a San Francisco y se encontró con distintas opciones. Eligió el puente Golden

Gate y apareció una foto y posibilidades de conseguir más información en:

http://www2.goldengate.org/goldengate/

Yoshio tenía en la pantalla el mismo puente que se veía desde la habitación del hotel de Clara. "Me gusta el color oxidado del Golden Gate."

Hizo clic sobre su historia, también sobre los barcos de transporte de pasajeros, "tenemos que ir a Sausalito". Incluso dio con datos meteorológicos en la dirección:

http://www.intellicast.com/weather/sfo/radar/

Se vio allí con sus amigos del club de los ciberchavales y se imaginó jugando con ellos a los enigmas sobre grupos musicales. "Por cierto -se dijo-. Me toca preparar la próxima pregunta de la liga. Esta vez, la cosa podría ser sobre Oasis." Introdujo en el buscador *Lycos* las palabras:

Oasis and band

Accedió a información sobre el grupo y se puso a leerla con avidez. Se encontraba en:

http://www.staff.dircon.net/michael/oasis/band.html

Sonrió con la posibilidad de que el nombre de Oasis viniese de una piscina del centro de Swindon en el sur de Inglaterra. "Podría ser una buena pregunta -se dijo-. Aunque, son muy capaces de acertar..."

Siguió navegando hasta dar con una frase que le impresionó:

"Creo que cuando escuchan nuestros discos les decimos lo buenas que podrían ser sus vidas."

Yoshio pensó: "Decidme, colegas..., ¿Qué músico pronunció la frase?"

Entonces, le llegó el e-mail con lo que le había sucedido a Hilka. El chaval se quedó helado, apretó los puños y contestó sobre el propio mensaje:

Respuesta: ¿Qué sospecha la policía? ¿Hay alguna pista? Decidme más cosas. Si el pilikia no se soluciona enseguida, hay que avisar wikiwiki a Mano. Sabe moverse.

Yoshio.

En el lenguaje secreto de los ciberchavales -que era el hawaiano- pilikia significaba "problema"; wikiwiki, "rápido" y mano, "tiburón". Habían decidido llamar Mano a su amigo Cascabel, que se había convertido en cazador de recompensas.

Yoshio se puso a navegar por Internet y no tardó en enviar un nuevo mensaje.

Bill lo leyó al poco rato.

Decía:

Hola.

He adelantado mi vuelo. Voy.

Os mando direcciones sobre jóvenes desaparecidos:

http://www.childquest.org/

http://www.fga.com/vanished/

Hasta pronto.

Y.

Bill estaba en *Eudora*. Marcó en azul la primera dirección y se fue a *Editar*. Hizo clic en *Copiar*.

Se fue a *Netscape*. En *Location:* borró la dirección y apareció *Go to:*

Se fue a *Edit*. Hizo clic en *Paste* (pegar) y apareció la dirección en *Go to:*

Un *Enter*, y "ya está".

Apareció la página de Child Quest International, de dirección:

http://www.childquest.org/

Allí se encontraron con la foto de una niña que había desaparecido recientemente. Clara la miró con ternura, y no pudo evitar que los ojos se le humedecieran, "¿tendremos que poner también la foto de Hilka en la red?"

Bill repitió los mismos pasos con la segunda dirección. Ahora apareció la página de la Vanished Children´s Alliance. Se fijó en la foto de un niño desaparecido y se dijo: "¡Es terrible!". Se pedía ayuda por si alguien lo había visto.

El navegar por aquellos mares amargos les rompió el corazón, "¡pobre Hilka!"

En el oeste de la ciudad, la falsa ambulancia se introdujo en el garaje subterráneo de una casa que quedaba cerca del Lincoln Park, por la zona del Golden Gate Bridge.

Los dos hombres agarraron a Hilka, uno por cada brazo, y la obligaron a meterse en un cuarto que se encontraba en el sótano y no tenía ventilación. El mobiliario consistía únicamente en una cama y una silla.

-Ahora relájate -dijo el cara sonrosada-. Va a venir a inspeccionarte el comprador.

Se rió con estridencia.

Hilka lo ignoró, como si no lo tuviese delante, y se dirigió al conductor:

-¿Quién te ha metido en un lío como éste?

-Las cosas son como son -respondió.

-Si permites que me vendan y me lleven a un harem..., acabarás pagándolo caro.

-Nunca te encontrarán. Si no apareces, y no aparecerás, el riesgo para nosotros es nulo.

Los labios de la chica se crisparon:

-No os saldrá bien.

-Te equivocas. Todo pasará tan rápido que...

Se oyó el motor de un coche y luego, pasos. Los dos hombres se miraron con aire de compincheo:

-Ya está aquí.

-Viene a examinar el género, por eso no te hemos dado un somnífero. Paga mucho dinero, pero quiere ver la mercancía despierta.

La dejaron sola y la encerraron. Se oyeron voces.

A los pocos minutos apareció un encapuchado. Le acompañaban los dos que la habían secuestrado.

-¿Cómo te encuentras, Hilka? -le preguntó el que ocultaba la cara.

-Mal -escupió.

-Voy a llevarte a mi harem.

-No quiero ser esclava de nadie -dijo la chica con fuego en los ojazos.

-Te trataré bien.

Ella levantó la voz:

-No quiero saber nada de ustedes.

El encapuchado insistió:

-Vivirás sin problemas.

-¡Quiero marcharme! -gritó con fuerza.

El cara sonrosada soltó con cinismo:

-La habitación está insonorizada. Puedes

chillar cuanto quieras, nadie va a oírte.

Los pómulos de Hilka se veían más pronunciados aún, el cabello de color miel se le había desmoronado sobre la frente. Puso los ojos en el techo y rugió:

-No voy a ir a ninguna parte.

-Si no colaboras, pueden pasarte cosas peores.

-Peor, imposible -afirmó ella.

-Te equivocas. -Miró al encapuchado como si le pidiese permiso para algo-: ¿Le mostramos la otra posibilidad?

-Adelante.

El conductor de la ambulancia agarró con fuerza a la chica y se la llevaron a una habitación que no era otra cosa que la antesala de un quirófano. Allí, sobre una camilla, yacía lo que quedaba de un cadáver descuartizado.

Hilka se llevó las manos a la boca y no pudo evitar un grito de horror:

-¡Aghhh!

El cara sonrosada señaló aquel cadáver sin ojos, sin corazón, sin riñones.

-Si no colaboras -advirtió-, te convertirás en otra clase de negocio para nosotros. Estoy seguro de que esos ojos tan bonitos que tienes valen un buen dinero en el mercado. Y también tu hígado.

La chica se puso a sollozar de puro miedo.

El encapuchado, con voz de flauta:

-Sería una pena, pero hay mucho mercado para el tráfico de órganos.

-Seguro que preferirá vivir en el harem de un palacio que ser dividida a piezas en este quirófano. -Se dirigió a la chica-: ¿Verdad?

Ella no dijo nada.

El padre de Clara respondió inmediatamente al e-mail de los chavales. Lo hizo sobre el mismo mensaje.

Después de leer:

Hilka ha desaparecido. Necesitamos ayuda…

Tecleó:

Respuesta: Ahora mismo voy a ponerme en contacto con la policía de San Francisco.

Y siguió contestando al *e-mail*:

Ha llegado hoy al aeropuerto de San Francisco. Hemos estado con ella unos minutos, pero ha ido al baño y ha desaparecido.

Respuesta: Quizá se haya perdido. Puede

aparecer dentro de un rato. Avisadme enseguida, si pasa.

La policía la está buscando.

Respuesta: Me gustaría saber qué policías os están ayudando.

El agente de pelo de erizo que les acompañó al hotel les había anotado su nombre -Ben Goldsmith- y el teléfono. Bill se los envió por e-mail.

En cuanto hubo comprobado que el mensaje había salido, dijo como si hablase para sí mismo:

-Marilyn no debe de estar en casa. No debe de haber visto aún nuestro e-mail. Ella conoce a muchos periodistas y quizás alguno pueda ayudarnos. A ver si nos contesta...

Clara le apoyó la mano en el brazo:

-Me preocupa lo de la ambulancia.

-El policía lo ha comprobado. Hilka no está en ningún hospital.

-Quizá no fuese una ambulancia lo que vieron.

-O quizá no fuera Hilka.

Bill apretó con fuerza la mano de la chica:

-¿Y si vieron una ambulancia fantasma?

-¿Fantasma?

-Quiero decir, un coche que lo pareciese.

Siguieron cavilando hasta que el chaval miró su reloj de plástico negro y dijo:

-Guatam llegará en un par de horas.

El policía se había quedado con la foto en que aparecía Hilka, pero Clara buscó y rebuscó en el bolso hasta encontrar otra:

-Puede ayudarnos.

Bill se llevó el portátil de la chica alemana metido en una mochila pequeña, "así tendré las manos libres".

Tan pronto como llegaron a la zona del aeropuerto en que había desaparecido Hilka, conectaron con Internet y se pusieron a rastrear con el buscador *Lycos* las palabras *personas perdidas*:

missing people

Accedieron a una página en que se ofrecía ayuda para encontrar amigos del pasado en la dirección:

http://www.fpf.com/

Siguieron navegando hasta un título que hablaba de fotos de personas perdidas en las bolsas de la compra y en taxis. Dirección:

http://www.newciv.org/worldtrans/BOV/BOV/BV-170.HTML

Desconectaron el ordenador, pero a los pocos minutos volvieron a meterse en Internet. Accedieron al explorador *Microsoft Internet Explorer 3.0* y luego al buscador *Yahoo!* Introdujeron de nuevo las palabras:

missing people

Y se fueron a una página que hablaba de servicios de búsqueda y localización de personas perdidas.

Business and Economy: Organizations: Public Interest Groups: Crime: Missing...

En la página de Polly Klaas Foundation aparecía la fotografía de un chaval que había desaparecido en Los Altos (California) y había sido encontrado en Reno por la policía. Dirección:

http://www.pollyklaas.org/

Clara dijo:

-Hay que hacer algo enseguida.

Se dirigieron al mostrador de la empresa de alquiler de automóviles. El empleado que había declarado ver cómo se llevaban a Hilka en una ambulancia los recibió con expresión nerviosa:

-¿Ha aparecido vuestra amiga?

Era un hombre pálido que tenía el cabello rizado y usaba brillantina.

-No... No sabemos nada de ella -dijo Clara con voz desalentada.

Y le mostró la foto en que la muchacha alemana estaba riéndose a carcajadas de un chiste que contaba Gautam.

El hombre la señaló:

-Es ella, ¿verdad?

-Sí -susurró Bill.

-No estoy totalmente seguro, pero se parece a la chica de la ambulancia.

-¿Cómo era la ambulancia? -quiso saber Bill.

-No sé... Llevaba una raya roja, creo.

-¿Alguna cosa especial?

-Me parece que...

Se pasó la mano por el cabello como si quisiera alisárselo.

-¿Qué?

-Me parece que llevaba un pájaro pintado en el lateral.

-¿Qué pájaro?

-No estoy seguro. Quizá no fuese ni siquiera un pájaro. Todo pasó tan rápido.

Miró de una forma que inquietó a Clara. La chica pensó: "¿Ocultará algo este hombre? No sé..., tiene cara de mentiroso... Quizás esté metido en el ajo y nos haya contado una historia para despistarnos. Es de los que te habla sin mirarte a los ojos. No sé..., no sé..."

Tan pronto como apareció Gautam, le contaron a toda prisa lo de Hilka. El muchacho hindú había llegado con una sonrisa de conejo que se le heló en la cara al escuchar a sus amigos.

-¿En una ambulancia? -exclamó con furia.

Un hombre de cara muy arrugada, seco como una espina, se les acercó:

-¿Tenéis algún problema?

-Sssí -dijo Bill silbando, y se interrumpió.

-Os he oído hablar de una ambulancia. -Y aclaró-: Soy médico, si puedo ayudaros... Me llamo Bob Hillsmart.

-Verá, ha desaparecido una amiga nuestra.

-¿Dónde?

-Aquí mismo.

-¿Cuándo?

-Hace unas horas.

Se le ensombreció la mirada.

-No sé -dijo Bill. Señaló al de los coches de alquiler-: Nos ha dicho que quizá se la llevaron en una ambulancia.

Bob se dio un golpecito en la frente:

-Ya veo.

En ésas estaban cuando apareció una ambulancia. Frenó bruscamente, el conductor miró hacia donde se encontraban los muchachos y volvió a acelerar como si quisiera huir de ellos.

XTZ
KREEEE

Bill salió a toda prisa y paró un taxi.

Gautam -con su maleta- y Clara corrieron tras él. Los tres se acomodaron en el asiento posterior. El médico quiso acompañarles y se sentó junto al conductor.

Bill, con resolución:

-Siga a la ambulancia esa, ¡rápido!

El empleado de la empresa de coches de alquiler observaba con inquietud lo que estaba sucediendo.

Clara se dio cuenta de su expresión y se dijo: "No me gusta nada ese señor brillantina."

La ambulancia fue acelerando con destellos y zumbidos. El taxista se puso a perseguirla como alma que lleva el diablo hasta que logró ponerse a pocos metros de distancia.

-Le daré una buena propina- ofreció Bill con brasas en la mirada.

La ambulancia cambió de carril y el taxista quedó atrás.

-Corra, ¡corra! -gritó el chaval.

El taxista agarró el volante con mucha fuerza, echó la cabezota hacia delante, mostró su diente de oro y apretó a fondo el acelerador.

Vaya carrera protagonizaron en la autopista. La policía no les dijo nada porque el taxi daba la impresión de llevar familiares de algún accidentado.

Bill iba pensando: "No veo en la ambulancia ningún pájaro pintado, ni rayas coloradas... Pero, el de la brillantina tampoco estaba seguro del todo. -Se fijó en unos rombos rojos de la parte trasera-. Quizá se confundiese con esos dibujos... Quizás"

Tan pronto como salieron de la autopista 80 y se metieron en la ciudad de San Francisco por la calle Bryant, el conductor de la ambulancia dio un frenazo brusco y el taxista tuvo que hacer lo mismo. Poco faltó para que chocasen.

Los ciberchavales salieron despedidos del asiento, y Bill fue a dar contra el cristal de la ventana. Se abrió la ceja y comenzó a sangrar.

El conductor de la ambulancia se apeó y se encaró con ellos:

-¡Vaya forma de conducir! Voy a denunciarles.

Clara le soltó:

-¿Para qué hospital trabaja?

-Encima impertinente -repuso el conductor.

Bob, el médico de la cara arrugada, se interpuso entre ellos:

-¿Puede identificarse?

-¿Por qué me seguían de ese modo tan salvaje?

El médico insistió:

-Identifíquese, por favor.

-Y usted, ¿quién es?

-Soy el doctor Bob Hillsmart. -Y le ordenó-: Deme unas gasas y alcohol, que el chaval se ha hecho daño por su culpa.

Bill seguía sangrando.

Clara pensó: "Veremos. Igual le pega una tiro..." Pero no, le dio lo necesario para curar al chico.

Luego, Bob extrajo de la cartera un documento:

-Como puede ver, soy médico.

El de la ambulancia, de mala gana, mostró también sus papeles. El doctor los examinó despacio y admitió:

-Están bien.

Bill le espetó:

-Entonces, ¿por qué ha salido a escape en cuanto nos ha visto?

El de la ambulancia repuso:

-No tiene que ver con vosotros.

Bill insistió:

-¿Por qué lo ha hecho?

No contestó.

Era hombre de muchos músculos y pocas palabras.

La herida del chaval volvió a sangrar y empapó la gasa. El de la ambulancia propuso:

-Si quieres, te llevo a un hospital.

-Buena idea -dijo Clara.

Dicho y hecho. Pagaron al taxista.

-Gracias por la propina.

Los chavales y el médico se montaron en la ambulancia que arrancó de un brinco.

No tardaron en cruzarse con otra ambulancia. Llevaba en las portezuelas el dibujo de una golondrina bajo el rótulo *XTZ*.

-Anda, lleva un pájaro -exclamó Bill-. Lo que nos ha dicho el de los coches de alquiler... ¡Y lleva también una raya roja!

El médico se quedó perplejo. Clara pidió al conductor:

-Siga a esa ambulancia.

-¿Por qué?

-Sígala, es muy importante.

Lo hizo. En cuanto se dieron cuenta de que les seguían, trataron de escabullirse cambiando bruscamente de dirección y allí comenzó una persecución de película por la calle Tercera, por Union Square, por calles empinadísimas de la colina Nob en las que llegaron a dar saltos varias veces despegándose del suelo.

Gautam, el muchacho hindú, tomó nota de la matrícula.

Al verlos llegar como locos los pasajeros de un tranvía de color oro y marrón, que iban de pie en el estribo, se asustaron y saltaron hacia adentro. El conductor protestó con un "clang-clang".

Por fin la ambulancia de la golondrina logró escapar girando en redondo. La violencia de la maniobra hizo que apareciese en la ventanilla -y sólo un momento- la cara de una chica que parecía aterrada.

-¿La habrán secuestrado también? -preguntó Clara.

Miró al cielo y se encontró con la punta de la pirámide del edificio Transamérica.

E.96

Tras lograr escapar, la falsa ambulancia de la golondrina llegó a la casa en que se hallaba encerrada Hilka.

Esta vez llevaban secuestrada a una chica francesa que se encontraba de vacaciones en San Francisco, precisamente la cara que había aparecido un momento tras la ventana en plena persecución por las calles empinadas.

A empujones, la hicieron descender del vehículo y la condujeron a la habitación sin ventanas en que se encontraba Hilka.

Volvieron a cerrar la puerta y las dos chicas se quedaron solas.

La recién llegada se sentó en la cama y apoyó la frente sobre las palmas de la mano:

-Esto es una pesadilla.

Hilka le preguntó:

-¿Te han traído en una ambulancia?

-Sí -asintió con los ojos clavados en la moqueta.

-¿Dónde te han secuestrado?

-Estaba paseando por el Barrio Chino, y...

La chica era de largas manos, largas piernas, largas pestañas.

-¿Cómo te llamas?

-Simone.

-¿De dónde eres?

-Vivo en París.

-¿Cuándo has llegado a San Francisco?

-Ayer.

Hilka tragó saliva, y le preguntó:

-¿Estás conectada a Internet?

-Sí.

-¿Has estado en contacto con una organización que ofrece viajes?

-¿Qué viajes?

-Excursiones de exploración personal a lugares maravillosos o algo así.

-Sí -respondió con voz incolora.

-¿Te pidieron una foto?

Ahora, Simone, salió de sí misma y la miró con sus ojos verdes, profundos.

-Veo que nos han cazado del mismo modo. -Se pasó la mano por el cabello castaño y limpísimo, recogido con una cinta negra-. Sí, les mandé la foto.

-¿Te han dicho qué va a pasarte?

-No, ¿y a ti?

-Me han vendido a un tipo que tiene un harem.

-¡No! -exclamó Simone con voz ahogada.

-El que me ha comprado ha venido a examinarme. Quizá vuelva para verte.

-Simone palideció todavía más.

-La policía se pondrá a buscarnos.

-Será difícil que nos encuentren en esta habitación. Está insonorizada, no tiene ventanas...

¿Qué vamos a hacer?

Hilka cerró los ojos:

-Lo mejor será aparentar calma y esperar nuestra oportunidad.

Simone cerró los ojos:

-No pienso ir a un harem. No. ¡No!

Hilka le apoyó la mano en el hombro.

-De momento, hay que seguirles la corriente. -Dudó, pero decidió decírselo-: Tienen una especie de quirófano en esta misma casa, y se dedican a vender órganos.

-¿Órganos? -preguntó horrorizada.

-Sí. Pueden matarte para arrancarte el hígado y el corazón, y luego venderlos para trasplantarlos por mucho dinero.

Simone puso boca de no. Quiso hablar pero no le salieron las palabras.

Las dos chicas permanecieron en silencio un buen rato. Tenían los ojos enrojecidos. Hilka acabó por decir en un murmullo:

-Tengo unos amigos que quizá nos salven.

-¿Son policías?

-No. Pero saben moverse.

-¿Cómo son?

-Viven en distintos países. Estamos conectados por Internet. -Por un instante se le relajó el gesto-: Los ciberchavales.

-¿Podrán hacer algo?

-Íbamos a encontrarnos aquí, en San Francisco. Seguro que ya están moviendo cielo y tierra.

-¿Son de tu edad?

-Más o menos. -Hilka se acordó de Cascabel-: Hay alguien que a veces nos ayuda, y quizás...

-¿Otro chaval?

-No. Un tipo duro que antes era gángster y ahora se ha hecho cazador de recompensas.

-¿Está en San Francisco?

-No. Pero los cíber pueden localizarlo.

-¿Qué podría hacer?

Hilka miró sin ver las paredes sin ventanas. Con amargura:

-No sé.

Y para sus adentros: "Cascabel es un bestia, pero siempre me ha ayudado. ¿Qué haría él, si se encontrase aquí? -La mente se le fue a su madre-: Cuando se entere... La pobre vive sola desde que papá se fue de casa, y ahora esto..."

Se oyeron pasos. Apareció una mujerona de labios finos y expresión de ardor de estómago.

-Vengo a maquillaros -advirtió.

Tras ella entró el de la cara sonrosada pistola en mano:

-Venga, obedeced.

La mujer aquella señaló la silla y Hilka se sentó muy rígida.

-Debo poneros atractivas para que el comprador no tenga dudas. -Y se dirigió a la chica alemana-: Antes, no has tenido una actuación muy brillante. Si no te quiere para su harem...

-Tendremos que descuartizarte y venderte por piezas -dijo el de la cara sonrosada con aire de fastidio-. Tus ojos serán lo más fácil de vender. Lo malo es que después de arrancártelos vamos a tener que mantenerte viva hasta que aparezca un comprador de riñón, y un poco más hasta que podamos vender tu corazón.

La mujerona comenzó a maquillar a Hilka como si pintase la superficie inanimada de una muñeca. La chica permanecía inmóvil, distante.

Le puso los labios de un tono oscuro. Luego se empeñó en recubrirle el rostro con una capa de ocre tan exagerada como innecesaria. Dejó los ojazos para el final, y se entretuvo hasta que parecieron los de Cleopatra.

Simone seguía la operación sin moverse. Estaba sorprendida, aterrada, desesperada, ante la frialdad de aquella gente.

La mujerona llevaba un espejo y lo puso de forma que la chica pudiera verse.

-He terminado contigo -dijo con tono ambiguo.

Hilka hizo de tripas corazón:

-¿Querrá comprarme ahora el encapuchado?

-Si te muerdes la lengua, puede que sí.

-¿Tengo alternativa?

La mujer la miró de arriba abajo y negó con la cabeza. Se dirigió a Simone:

-Ahora, tú.

Le puso el mismo maquillaje que a Hilka con los mismos gestos. Parecía un robot.

El comprador no tardó en volver a la casa. Se ocultó bajo la capucha y advirtió al cara sonrosada:

-Si decido adquirirlas, pienso llevármelas mañana al harem.

-¿Aún no lo ha decidido?

-No. Primero voy a hablar con ellas.

-Si no las quiere..., tenemos peticiones en firme de ojos.

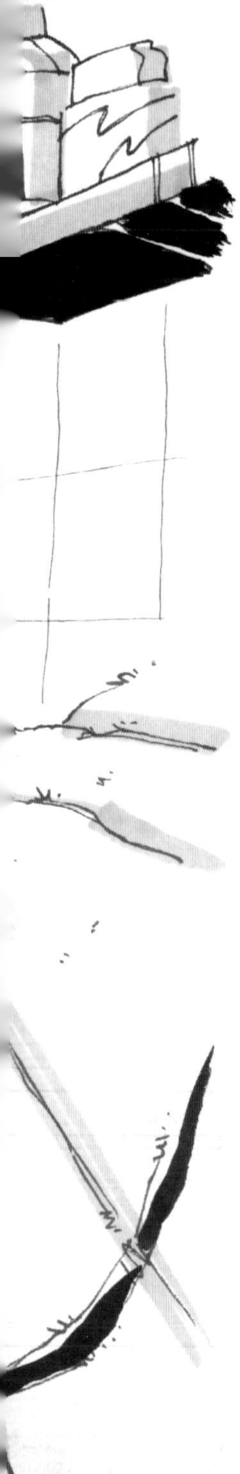

Tan pronto como Liu llegó al aeropuerto y vio que no le estaba esperando nadie, se marchó al hotel.

"Seguro que Bill vino a esperar a Clara con más de una hora de antelación -se dijo con aire resignado-. Y a mí, ni caso..."

Al llegar a la recepción preguntó si había algún mensaje para él, y le dijeron:

-Nada.

"Bill y Clara seguro que están paseando por San Francisco -pensó-. Se les habrá ido el santo al cielo. Ésos cuando están juntos se olvidan del mundo... Y sobre todo de los pequeños del grupo. Seguro que a Yoshio no le hubiesen dejado colgado; pero, claro, Gautam y yo somos los pequeños y ni caso... Por cierto, ¿habrá llegado Gautam?"

Descolgó el teléfono. Lo preguntó y le dijeron que no había llegado todavía.

Liu -el chaval de Hong Kong- era fuerte, elástico; los dedos parecían de acero. No podía imaginarse lo que estaba ocurriendo y se dispuso a esperar noticias de sus amigos. Llenó la bañera con agua caliente, se metió.

-Me encanta -dijo entre dientes.

Allí se puso a pensar en un restaurante: "Bill me dijo que hay uno en San Francisco en que todo lo cocinan con ajo. Con lo que a mí me gusta... -Se relamió-. Me parece que dijo que estaba en Columbus, una calle desde la que se ve la pirámide del edificio Transamérica... El restaurante ese se llama algo así como la rosa que huele a ajo o la rosa pestilente o..."

Al salir de la bañera comenzó a inquietarse: "Son muy frescos. Me han dejado tirado..."

Se secó y llamó de nuevo a la recepción:

¿No hay ningún mensaje para mí?

-Nada.

Dejó la toalla sobre un tubo por el que pasaba el agua caliente, "cuando sea director de hotel, lo pondré en todas las habitaciones. Me gusta que las toallas estén bien secas".

Se tumbó en una cama enorme a ver la televisión, "¿les habrá pasado algo? Por muy frescos que sean, es muy raro que no den señales de vida". Y llamó otra vez a la recepción:

-Si dejan algún mensaje, avísenme enseguida.

-Por supuesto.

Se iba inquietando más y más. Decidió practicar ejercicios de Liangong. "Con el vuelo y las maletas, hoy no los he hecho..., y eso es lo que mejor me sienta."

Comenzó por hacer girar el cuello arriba y abajo, derecha e izquierda. Luego levantó los brazos y abrió las manos mirando a uno y otro lado. A continuación ejercicios en el suelo. Meditación.

Al terminar se notaba todos los músculos del cuerpo, "tengo que convencer a los cíber. Tienen que hacer esta gimnasia cada día por su salud y su felicidad. A ver si aparecen de una vez. ¿Tendrán algún pilikia gordo?"

Abrió la neverita, tomó un jugo de naranja y volvió a tumbarse en la cama. Bebió a sorbitos hasta terminarlo. Dejó la botella en la mesilla de noche y se durmió.

En sueños se vio disfrutando de una excursión en bicicleta por sobre unos cables que unían las puntas de los rascacielos. Gautam iba en cabeza, corría sobre el vacío a toda velocidad y sin miedo. Ahora subían a la mismísima punta de la pirámide del edificio Transamérica. Abajo se veían coches en miniatura y más allá un ferry que navegaba hacia Sausalito, también la isla de Alcatraz con toda la leyenda negra de la prisión. No tenían miedo, era como volar en bici. Los helicópteros pasaban por debajo de ellos y los saludaban. De repente miró hacia atrás y estaban todos menos Hilka. Aquello le sobresaltó.

En ésas andaba cuando llegaron a la habitación Gautam, Bill y Clara con expresión muy triste.

Despertaron a Liu y le preguntaron por su viaje para dejar que se despabilase antes de darle la mala noticia.

-He tenido buen viaje -dijo el chaval de Hong Kong-. Bueno, hasta que he llegado al aeropuerto y no estabais.

Vio la expresión de sus amigos y supo que algo sucedía. Clara le dijo:

-Tenemos un problema.

-¿Sí...?

-Hilka...

-¿Qué pasa?

-Ha desaparecido.

-¿Cuándo?

-En cuanto llegó.

-¿En el aeropuerto?

-Sí.

-¿Tenéis noticias?

-No. Puede haberse perdido... o pueden haberla secuestrado.

Liu se puso en pie de un salto. Abrió mucho los ojos:

-¿Secuestrado?

-Todavía no sabemos nada seguro.

-¿Sospecháis algo?

-Parece que se la llevaron en una ambulancia. Pero no estamos seguros.

-¿Lo sabe la policía?

-Sí.

-¿Y tu padre?

La chica asintió con los ojos que habían perdido la viveza que solían tener.

Bill se sentó y conectó el portátil a Internet.

Gautam abrió la maleta sobre la otra cama, tomó el cepillo de dientes y se metió en el cuarto de baño.

-Tenemos un e-mail de tu padre -dijo Bill mirando a Clara.

El padre de Clara era uno de los jefes de la policía contra el delito económico en Barcelona y les decía:

Hola, Clara y amigos.

Me he puesto en contacto con Ben Goldsmith, el policía que os ha ayudado en el aeropuerto de San Francisco.

El hombre está convencido de que Hilka se ha escapado con alguien. He insistido en lo del secuestro y me ha dicho que van a ponerse a efectuar una investigación.

Otra cosa, hay que avisar a la madre de Hilka.

Estoy moviendo todos mis contactos y espero que pueda deciros algo.

Informadme enseguida de todo lo que averigüéis.

Id con mucho cuidado. Yo sí creo en la posibilidad del secuestro.

Hasta pronto.

Clara leyó y releyó el mensaje. Tras unos instantes en silencio:

-Si mi padre dice que cree en lo del secuestro, acabará siendo un secuestro. Tiene un ojo tremendo.

-¿Se lo decimos a la madre de Hilka? -preguntó Bill.

-Ahí ya no estoy tan de acuerdo con mi padre. Él es demasiado cuadriculado.

-Creo que deberíamos avisarla. Vete tú a saber si su padre ha aparecido de repente y se la ha llevado. Imagínate que la cosa tenga que ver con los trabajos de la madre en el laboratorio -opinó Bill.

-La pobre mujer...-exclamó la chica rompiendo a llorar-. Esperemos un poco... Ahora, ¿qué vamos a decirle?

-Que su hija ha desaparecido.

-Esperemos un poco. Quizá se aclaren la cosas.

-Bueeeno -accedió el chaval poco convencido y se puso a curiosear en el portátil de Hilka.

Con la contaseña **ciberal** logró acceder a un archivo en que la chica de Berlín había escrito:

Voy a proponer que nuestra liga del club de los ciberchavales no sea sólo de preguntas sobre grupos musicales. Me gustaría que se pudieran hacer también sobre cosas de ecología. He pensado en una que tiene que ver con las dos cosas:

A ver, ¿de qué tribu amazónica es jefe Raoni? Como ayudita os digo que el roquero Sting acompañó a Raoni por medio mundo para que la gente se diera cuenta de lo que les está sucediendo a los indios. A ver, quién es el primero en descubrirlo por Internet.

Bill miró por la ventana y levantó las manos:

-Hilka, seguro que los del club vamos a aceptar todo lo que digas... Pero aparece. Por favor, ¡aparece!

-Muy buena idea lo de la ecología -afirmó Clara intentando dejar de llorar.

El chaval siguió curioseando por los archivos de Hilka, y volvió a *Eudora*, "no sea que haya llegado otro mensaje".

Acertó. Había llegado un *e-mail* de su tía Marilyn.

Bill:

He recibido la terrible noticia.

Voy para San Francisco, quiero estar con vosotros. No tardaré ni una hora en llegar al aeropuerto de San Diego y volaré en el primer avión.

Mantened los ojos bien abiertos, los secuestros de chavales están a la orden del día.

Cuidaos.

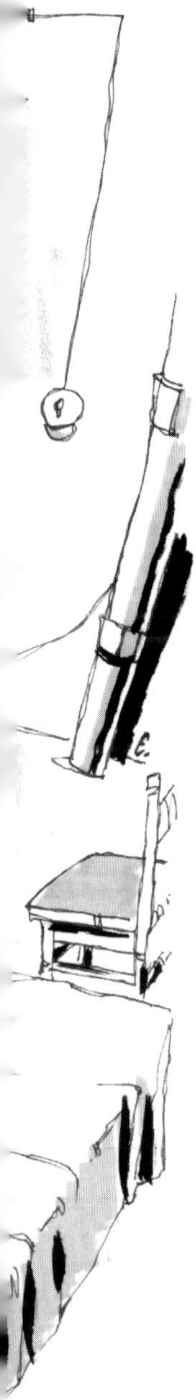

Hilka y Simone estaban maquilladas en espera del examen que iban a sufrir en aquella casa de Lincoln Park.

El comprador, oculto bajo una capucha, entró en la habitación del sótano en que las habían encerrado.

Iba acompañado por el cara sonrosada que empuñaba una pistola. Observó a Simone como si fuese un mueble o un cuadro que se disponía a adquirir, y dijo:

-Mañana te llevaré conmigo.

-No quiero -soltó la chica de París.

-Harás lo que te diga, ¿te enteras?

Simone se aproximó como si quisiera verle los ojos protegidos por la tela:

-No pienso ir con usted a ninguna parte.

-Estás muy guapa cuando te enfadas -repuso con ironía.

Simone, indignada, le atacó e intentó quitarle la capucha. El cara sonrosada agarró a la chica por el brazo y la tiró al suelo:

-Ésta sólo sirve para que la vendamos por piezas.

-Empecemos por arrancarle los ojos -dijo el encapuchado con furia contenida.

-¿Cuándo?

-Ahora mismo.

-No perdamos más tiempo. Esa chica es irrecuperable. En el salón esperan el cirujano y el anestesista.

Hilka estaba horrorizada.

-Un momento -exclamó.

-¿Quieres que hagamos lo mismo contigo? -preguntó el comprador.

-Tiene que comprender que Simone está desesperada. Acaban de secuestrarla y no se da cuenta todavía de la situación.

El hombre se dirigió a la chica francesa:

-Y tú , ¿qué dices?

Ella permaneció en silencio unos instantes. Era guapísima y la ira le daba una aire de divinidad mitológica. Acabó por musitar:

-Son ustedes unos canallas.

Se abalanzó sobre el cara sonrosada y trató de quitarle la pistola. Rodaron por el suelo. Entonces Hilka se lanzó también y logró hacerse con el arma del que la había secuestrado en el aeropuerto.

Iba a incorporarse cuando notó en la nuca la presión de algo frío y duro. Era el cañón del revólver del encapuchado que le espetó:

-Si no sueltas la pistola, disparo.

Hilka se resistió a hacerlo.

Simone le dijo:

-Obedécele. Es capaz de matarte.

La soltó como si se despidiese de todo.

El encapuchado, enfurecido, ordenó:

-Llevadlas al quirófano. Vamos a extraerles los ojos y un riñón, y vamos a dejarlas con vida hasta que les quitemos el otro y también el corazón... Luego incinerad lo que quede de ellas, no podemos dejar pruebas que un día... Acabemos de una vez con este asunto. No quiero comprar chicas que provoquen una revolución en el harem.

La muchacha alemana apretó los dientes y se preguntó: "¿Voy a morir sin volver a ver a mi padre? Siempre he soñado con que él regresaba a casa y mamá se lo perdonaba todo y volvíamos a vivir juntos, a pasear por bosques llenos de ardillas, de setas... ¿Estaré en medio de una pesadilla? -Se pellizcó y notó las uñas-. Qué horror, estoy despierta."

Simone fue amarrada a unas argollas para inmovilizarla bajo los focos del quirófano. El anestesista, protegido por la mascarilla, estaba a punto de comenzar, cuando la chica aulló:

-Esperen.

Todos miraron al encapuchado, que permaneció en silencio.

-Venga, ¡anestesia! -dijo el cara sonrosada con malignidad.

Iban a obedecerle, cuando el encapuchado ordenó:

-Voy a dar la última oportunidad a Simone. Y voy a dársela porque será difícil encontrar una chica tan guapa como ella.

"Será asqueroso el tipo este... -se dijo Hilka-. No puedo verle la cara, pero tiene voz de baboso."

-¿Qué hacemos con la otra?

La chica de Berlín notó un escalofrío que le recorrió la columna vertebral de arriba abajo.

-¿La amarramos y la anestesiamos?

-¿Qué hacemos?

El encapuchado pareció dudar.

Hilka, con aplomo, aseguró:

-Valgo más viva que a piezas.

Aquellas palabras provocaron la risa del encapuchado. Sus carcajadas eran agudas, inquietantes como pinchazos.

Hilka pensó: "Díos mío, es capaz de matarme. Parece que este loco de atar..."

El anestesista estaba preparándolo todo cuando el encapuchado declaró:

-Vuestra última oportunidad. Si me dais otro motivo de queja, será vuestro fin, ¿entendido?

-Les inyectamos un somnífero? -preguntó el cara sonrosada queriendo evitarse problemas.

El encapuchado se lo llevó a un rincón y secreteó:

-Ni hablar. Quiero observarlas. Hay que ver si se atreven a rebelarse otra vez. Dadles buena comida para que podamos ver cómo actúan con el estómago lleno.

-Lo que usted diga.

El que ocultaba el rostro se acercó a las chicas y las apuntó con el dedo:

-Tú y tú. Espero que uséis la cabeza y entendáis de una vez que sólo tenéis un camino, el mío.

Gautam se tumbó en su cama, en la habitación que compartía con Liu, mientras Bill tecleaba y tecleaba en el portátil.

El chaval hindú estaba tendido boca arriba. Cerró los ojos y dijo:

-Deberíamos dar a la policía la matrícula de la ambulancia que se nos escapó.

Bill añadió:

-Y decirles lo de la golondrina que llevaba pintada y el nombre ese...

-Sí, el *XTZ.*

Clara objetó:

-No me gusta el poli del pelo de erizo.

Bill no quiso escucharla y telefoneó al policía que les había acompañado al hotel:

-¿Se puede poner Ben Goldsmith?

-¿Quién le llama?

-Los amigos de Hilka, la chica que ha desaparecido en el aeropuerto.

-Un momento.

Tras un par de zumbidos, se oyó la voz del policía:

-¿Alguna novedad?

Le contó la persecución de la ambulancia por las calles empinadísimas.

-Como nos dijo el de los coches de alquiler, llevaba pintada una golondrina -afirmó el chaval.

El policía con tono escéptico:

-Parece una película de la tele.

El chaval insistió:

-La ambulancia se nos escapó, pero llevaba escrito un *XTZ*.

-¿Algo más?

-Sí, tenemos la matrícula.

-¿A ver?

Se la dio. El policía tomó nota y le dijo adiós.

Tras colgar, Bill se dirigió a sus compañeros:

-Quizá tenga razón Clara. Ese policía es un poco raro. No sé... Cree que Hilka se ha escapado o algo así. No parece que se lo esté tomando en serio

El chaval volvió a teclear en el ordenador de la chica de Berlín. Se detuvo en unas listas de animales de California amenazados. Las había obtenido en Internet en la dirección:

http://straylight.tamu.edu/bene/esa/species/states/california.animals.html

"Ya veo -se dijo-. Ha llegado hasta aquí combinando las palabras *endangered, animals* y *California* en el buscador *Altavista*. Cómo le tira la naturaleza a Hilka. Cómo le tira... Antes de venir a San Francisco, se preocupó de enterarse de qué insectos, peces, pájaros... están amenazados en este Estado... ¿Dónde andará? ¿Qué le habrá pasado?"

Y se metió en el programa *Eudora*. Quiso consultar el buzón, ver qué mensajes había ido recibiendo últimamente Hilka en *Llegada*.

Le extrañó que durante el último mes le hubiera enviado una docena de e-mails la misma organización:

Grupos activos de lucha ecológica

"Voy a surfear por estos mensajes -se dijo. Y los fue leyendo-. Parece que quieran captar gente".

En uno de ellos se hablaba de la integración en esos *Grupos*:

Para:ecohilka@osopanda.com
De:66099@anonym.grupeco.com
Asunto: Afiliación.

Hola, Hilka.

Vemos que te atrae la naturaleza. Hay que pasar a la acción y encuadrarse en grupos activos. Nosotros te ofrecemos entrar en unidades de lucha ecológica.

Te ofrecemos relacionarte con personas que comparten tus inquietudes y también tu afición a los viajes a lugares de gran valor medioambiental. Estos recorridos sirven además para realizar exploraciones personales que te ayudarán a conocerte mejor gracias al contacto con jóvenes como tú.

Luna.

"Parece una secta -se dijo Bill. Y le cruzó por la cabeza un pensamiento que le dio mucha inquietud-: Supongo que no le habrán comido el coco. Supongo que no la andarían esperando también en el aeropuerto y... Pero, no... Parece que el de la brillantina vio cómo se la llevaban en aquella ambulancia..."

Siguió leyendo los mensajes que había recibido Hilka:

Para:ecohilka@osopanda.com
De:66099@anonym.grupeco.com
Asunto: Tu foto.

Hola.

Nos ha encantado tu fotografía. Esos ojos grises tan grandes y tan bonitos indican tu capacidad de comunicarte con los demás.

Tenemos muchas ganas de conocerte. Esperamos que decidas entrar en nuestra organización. Por nuestra parte tienes las puertas abiertas y varios miembros han manifestado ya el deseo de encontrarse contigo.

Sigamos conectados.

Luna.

"Estos mensajes me huelen a chamusquina -se dijo Bill-. No sé. Veo que tienen más ganas de captarla que de hablar de cosas concretas de ecología... Y la foto, ¿para qué quieren la foto? ¿Para ver si es guapa o fea? Y el rollo de que les han gustado los ojazos de Hilka... No sé, me da mala espina..."

El chaval se puso en pie y se dirigió a sus compañeros del club de los cíber:

-Durante los últimos días Hilka ha estado en contacto con una organización que quería captarla.

-¿Qué clase de organización?

-De ecología, viajes, contactos personales...

-¿Qué sospechas?

Hundió los puños en los fondos de los bolsillos y fijó la mirada en sus calcetines de piel de tigre:

-No sé. Hilka les envió una foto.

-A ver -dijo Clara.

Y se pusieron a leer todos los mensajes que había recibido la chica alemana procedentes de *Grupos activos de lucha ecológica.*

El último les preocupó.

Decía:
Para:ecohilka@osopanda.com
De:66099@anonym.grupeco.com
Asunto: San Francisco.

Hola.

¿Cuándo llegas a San Francisco? Queremos saberlo todo de tu viaje. Vuelo, línea aérea, hora de llegada, tu hotel en la ciudad.

Por fin tendremos ocasión de conocernos. Esperamos poder convercerte para que te integres en la organización. Hay tanta gente nuestra que quiere trabajar contigo en defensa de los animales amenazados.

Luna.

-O sea, que Hilka conocía gente en San Francisco -dijo Clara con el ceño fruncido.

-Y sabían su hora de llegada al aeropuerto -afirmó Bill tras comprobar en *Salida* que ella les había enviado un e-mail con los datos de su viaje.

-Pueden haber usado cosas que le gustan, como la ecología y los grupos de viaje, para engatusarla. Para conseguir su foto y sus datos. Y, en cuanto se les ha puesto a tiro, ¡secuestrada! -supuso Gautam-. Si me hubiesen ofrecido buenas excursiones en bici, también me hubiesen cazado a mí. Seguro.

Clara archivó en el bolso el paladar de plástico y las lentillas, "ya tengo bastante con lo de Hilka", y jugueteando con sus gafas de montura exagerada:

-Voy a mandar un e-mail a mi padre con toda esa información.

-Y también al poli pelopincho -dijo Bill.

-Bueeeno... -murmuró con cara de asco.

-Hay que hacerlo.

-No sé. Tiene un algo... También hay malos policías que están metidos en líos -objetó ella.

-Ese poli ya sospechaba que Hilka conocía a alguien en San Francisco.

-Ese juega a desconfiar de todo.

-¿Ha dicho algo el poli que te haga sospechar?

-No.

-¿Entonces?

-Intuición.

-Puede fallar.

-De acuerdo, de acuerdo.

-Hay que darle todos los datos.

Clara asintió en silencio con poco entusiasmo.

Liu y Gautam se miraron con aire de complicidad, "estamos de espectadores en este partido de ping-pong".

Escribieron el e-mail con lo que sabían y lo enviaron al policía de San Francisco, al padre de Clara, a tía Marilyn y a Yoshio.

En la nota podía leerse:

Nuevos datos:

Hemos encontrado en el portátil de Hilka varios mensajes que le mandaba una organización de ecología y viajes en grupo.

Nombre:

Grupos activos de lucha ecológica

Dirección:

66099@anonym.grupeco.com

Hilka les puso un e-mail con detalles de su vuelo a San Francisco. Hay que hacer averiguaciones sobre esa gente.

Lo enviaron, y a los pocos momentos se oyeron unos puñetazos en la puerta de la habitación.

THU

Hilka y Simone no sabían a ciencia cierta qué hora era. La habitación estaba en un sótano y encima les habían quitado los relojes.

De repente se abrió la puerta. Les entraron una mesa con buenas chuletas de carne roja que llevaba marcas de parrilla en la superficie tostada.

Ensalada, pan, jugo de naranja, servilletas... Todo dispuesto sobre un mantel de hilo crudo. Les pusieron también dos sillas plegables adaptadas a la altura de la mesa.

Las chicas tenían hambre y devoraron cuanto les habían servido. Una vez terminaron de comer, empezaron a elaborar un plan hablando en voz muy baja.

-¿Por dónde entraste cuando te trajeron aquí?

-Por el garaje.

-Igual que yo.

-Y me metieron enseguida en este agujero.

-Me pasó lo mismo.

-El garaje está cerrado con una puerta basculante. Me fijé cuando nos llevaron al quirófano que han montado al lado.

La chica de Berlín entornó los párpados:

-Al fondo hay una escalera.

-¿Para subir a la casa?

-Es lo más lógico.

-¿Entonces?

-Entonces hay que subir por esa escalera.- Hilka se dio un golpecito en la frente-: ¿Tenemos algo que pueda convertirse en un arma?

La mirada de Simone se paseó por la habitación:

-Por no tener, no tenemos casi ni muebles.

Hilka señaló una silla medio desvencijada:

-Si la agarramos por las patas, podemos dar un buen golpe a alguien, ¿no te parece?

La chica francesa apoyó la barbilla en el puño:

-Imagínate que me tumbo en la cama como si me hubiese muerto.

-Imaginado -dijo Hilka con una sombra de esperanza.

-Bien. -Elevó el dedo-: Imagínate que entra alguien para atenderme. Y...

-Yo le doy en la cabeza con la silla.

-Ni más ni menos. -Simone ahora se pasó la mano por el cabello-: Hay otra posibilidad, hacerlo al revés.

-Prefiero ser quién dé el golpe.

-De acuerdo. No se me da mal el teatro. -Sonrió por un momento-: Quiero ser actriz.

Aparecieron brillos en sus miradas.

-Manos a la obra.

Lo ensayaron y, cuando creyeron que habían logrado el punto dramático, pasaron a la acción. Simone se tendió en la cama y Hilka se puso a dar voces con tono desgarrado:

-¡Socorro! Simone no se mueve, parece muerta.

No tardó en aparecer el cara sonrosada pistola en mano. Pero la interpretación de la chica francesa hizo que se olvidase de lo que no fuera intentar reanimarla, "si le pasa algo, pobre de mí..."

Hilka aprovechó la ocasión para golpear a aquel hombre con la silla. Le dio en la nuca y el impacto fue tremendo. El cara sonrosada se desplomó como un saco de patatas.

Simone abrió los ojos y sonrió con aire de triunfo. Las dos salieron de la habitación, observaron y escucharon antes de acercarse a la escalera.

-Parece que no hay nadie -dijo Hilka matando la voz con la mano.

-Qué raro. Me extraña.

-Avancemos un poco.

Pasaron junto al quirófano. Lo habían limpiado y ordenado, ni rastro del instrumental médico ni de las carnicerías que allí se hacían.

Subieron los peldaños en silencio. Arriba había una puerta que no estaba cerrada con llave.

La empujaron suavemente y se quedaron inmóviles, no pasó nada. Se atrevieron a abrirla del todo.

Avanzaron por un corredor que daba a un salón y lo hicieron despacito, mirando a todas partes en busca de posibles enemigos.

De repente, se oyó una voz:

-Quietas. No os mováis.

Era húmeda, amenazadora.

Las chicas se detuvieron. Parecían petrificadas.

Hilka murmuró:

-Nos han descubierto.

La voz dio una orden:

-Avanzad hacia el salón.

Allí estaba el encapuchado ante una pantalla de televisión desde la que había seguido los pasos del intento de escapada.

Entonces, echaron a correr hacia la salida. El encapuchado apretó un botón y la puerta se bloqueó. Simone trató de abrirla, pero nada.

Apareció el hombre y las encañonó con su revólver:

-Venid conmigo, vamos a tener una conversación. Vamos a sentarnos tranquilamente, que me interesan vuestras opiniones.

Su tono era de falsa calma.

Se sentaron en el salón. Los labios de Hilka temblaban de pura rabia:

-Y ahora, ¿qué quiere de nosotras?

-Una charla terminal.

-¿Terminal? -preguntó Simone.

La palabra se le rompió al pronunciarla.

-Sí, terminal -afirmó el hombre-. Ahora, ya no tenéis más oportunidades. Acabáis de perder la última que os había concedido. Ahora, sabéis que vais a morir y va a ser interesante escuchar vuestras últimas palabras.

-¿Quién es usted?

-Curioso. Muy curioso. En estos momentos queréis saber quién va a ser vuestro verdugo.

-¿Por qué hace cosas tan espantosas?

-Yo quería escucharos, y me encuentro con que pretendéis someterme a un interrogatorio.

El hombre no dejaba de apuntarlas con el arma.

Hilka le miró con furia:

-Toda la policía debe de estar buscándonos. Van a cazarle, ya lo verá.

Con sonrisa inquietante:

-Lo dudo. Si hubieseis reaccionado bien, un yate os habría llevado a alta mar. Allí os habríamos cargado en un petrolero y, sin problemas, os hubieseis encontrado en mi harem que es un lugar agradable; creedme.

-No tardará en caer -insistió Hilka.

-Lo dudo. Pienso hacer muchos negocios. Vosotras estabais destinadas a mi harem porque os consideraba miel, y la miel no está hecha para la boca del asno.

Simone estalló:

-¡Cínico!

El encapuchado se ahogaba de risa. Una risa aguda, de hipidos.

-Podéis decir lo que os apetezca -les concedió-. Es el privilegio de los condenados.

-¿Qué negocios piensa hacer? -le preguntó Hilka.

-Atrapar jóvenes a través de mensajes en Internet. -Se interrumpió y se aclaró la voz-. Mensajes que son cebos para pescar... Vosotras picasteis, ¿verdad?

-Aparte de llenar su harem ¿qué va a hacer con las que pesque?

-Tengo muchos clientes dispuestos a comprar chicas jóvenes.

Hilka y Simone preguntaron y preguntaron para no pensar que muy pronto iban a morir:

-¿En qué países están sus clientes?

-Os sorprendería. Tengo clientes en...

Iba a soltarlo, pero se mordió la lengua.

-¿Por qué se calla? ¿No iba a ser esto una charla terminal?

Las apuntó como si estuviese a punto de hacer fuego. Apoyó el dedo en el gatillo:

-Se supone que sois vosotras las que vais a hablar, no yo.

Simone no le hizo caso:

-Si nos mata, va a perder dinero, ¿no?

-No creas, no tienes idea de lo que llega a pagarse por un trasplante clandestino por ejemplo de hígado... Y el tuyo debe de funcionar muy bien.

Las chicas estaban aterrorizadas, pero siguieron preguntando para ganar tiempo:

-¿Hace mucho que se dedica a esto?

-Tres años. He ganado más dinero que en toda mi vida, y el que pienso ganar vendiendo chicas enteras o por piezas recambiables. Gracias a los trasplantes podrá alargarse mucho la vida de la gente. Si no te funciona un órgano; un trasplante..., ¡marchando! La nueva ley de la vida: unos morirán para que vivan otros.

-¿Las cazan a todas por Internet?

-Claro, bonita. ¡Claro! Hay que estar al día. El negocio es de alta tecnología.

Hilka le apuntó con el dedo:

-Les descubrirán averiguando desde dónde mandan los mensajes.

-Vuelves a equivocarte. -Y, protegido por la capucha, se puso a hablar ahora como un profesor-: Los mensajes se envían a través de un servidor que está en el norte de Europa y garantiza que todo lo que sale de allí es completamente anónimo.

-No me lo creo.

-Busca en Internet la palabra *anonymous* y verás. -Se corrigió-: Bueno, tú no podrás hacerlo porque estarás muerta.

Quien estaba dando puñetazos a la puerta de la habitación del hotel de los ciberchavales era un hombrón fortísimo.

Era Cascabel.

Entró diciendo con voz oxidada:

-Yoshio me ha avisado. ¿Se sabe algo de Hilka?

-Todavía no -repuso Bill.

-Hay que encontrarla enseguida. Si ha caído en manos de traficantes de menores, pueden hacerle cualquier barbaridad. Son mala gente. -Abrió mucho los ojos de huevo duro y preguntó-: ¿Se está moviendo la policía?

-Sí -dijo Bill.

Pero no tengo mucha confianza en ese poli -objetó Clara.

-¿Qué poli?

-Uno que podría ser de la banda que se la ha llevado.

-Clara no puede ver a ese tipo -opinó el chaval.

Cascabel se rascó un mechón que tenía en lo más alto de su cabezota de poco pelo:

-Yo tampoco confío en la policía. Además, estoy fichado. Aunque ahora soy cazador de recompensas legales, todavía se acuerdan de las andanzas de mi época de gángster.

El hombre se sentó en un sillón y preguntó a Bill por su herida de la ceja:

-¿Te han roto la cara?

Los chavales le contaron a toda velocidad los últimos acontecimientos. Hablaron todos a la vez con mucha excitación:

-Hilka ha desaparecido en el aeropuerto.

-Ha ido al baño y no ha vuelto.

-Parece que uno ha visto el secuestro, pero no lo ha denunciado.

-Sí, el de la brillantina.

-El de la brillantina ha dicho que se la llevaron en ambulancia.

-Una ambulancia que llevaba pintado un pájaro.

-Y luego ha aparecido una con una golondrina.

-Y la hemos perseguido.

-Se nos ha escapado por la calles empinadas.

-Por donde andan los tranvías.

-Y el poli sin enterarse de la película.

-O queriendo despistar.

Cascabel señaló la herida de Bill:

-¿Cómo te has hecho eso?

-Un frenazo, y...

-Menos mal que íbamos con un médico -dijo Clara.

El hombre permaneció callado como si quisiese digerir despacio la información torrencial que le acaban de dar. Acabó por decir:

-No me gusta el tipo ese de la brillantina. No sé, me parece raro.

-Tampoco me gusta a mí -dijo Bill.

Cascabel puso los ojos en el techo:

-¿Por qué se ha quedado tan tranquilo, si ha presenciado un secuestro?

-Eso, eso...

-Podemos hacerle una visita, a ver si logramos que cante algo más.

Iban a salir hacia el aeropuerto cuando sonó el teléfono. Era Bob Hillsmart, el médico:

-Estoy en la recepción del hotel y voy a subir para ver la herida de Bill.

A los pocos minutos la estaba inspeccionando:

-Bien, bien... La cosa está bien. Todo ha sucedido tan deprisa, con la persecución de esa ambulancia, y... -La cara se le arrugó todavía más, como una pasa-. La verdad, me he quedado con la cosa de que quizá la herida necesitaba un punto... Pero, no. Está cerrándose bien.

Cascabel opinó:

-Es una de esas heridas escandalosas que sangran mucho pero son poca cosa.

-Y no creo que se infecte.

-Qué va.

El médico le cambió las gasas y preguntó por Hilka:

-¿Se sabe algo de vuestra amiga?

Cascabel ahora se presentó:

-Soy un viejo amigo de los muchachos y estoy aquí para ayudarles. -Cerró los ojos apesadumbrado-: Por desgracia no hay novedades.

El médico se tapó la boca con la mano:

-Se oyen tantas cosas. Tantas barbaridades de bandas que secuestran menores para explotarlos. Incluso llegan a matarlos. Es tremendo.

Cascabel se dio un puñetazo en la mano:

-No perdamos el tiempo lamentándonos. Hay que actuar ahora mismo.

-Si puedo echarle una mano... -se ofreció el doctor.

-No, gracias. -El hombrón dudó por un momento-. ¿Ha venido en coche?

-No.

-Vamos al aeropuerto, ¿podemos acercarle a alguna parte?

-Tomaré un taxi hasta el hospital.

Gautam le preguntó:

-¿Qué hospital?

-El Palm Convalescent Hospital.

-¿Queda lejos?

-Por la zona de Twin Peaks.

-Si quiere, le llevamos -dijo Cascabel.

-No quiero que se desvíen. Muchas gracias.

Cascabel había alquilado una furgoneta y Bill se sentó en el otro asiento delantero. Tomaron la autopista 280 y luego se metieron en la 101.

El hombrón conducía con la cabeza adelantada y agarraba con mucha fuerza el volante. Iba hablando como si lo hiciese para sí mismo, y los chavales se limitaban a contestar con exclamaciones o movimientos de cabeza.

-Si Hilka ha caído en manos de traficantes de menores, pueden venderla a un salvaje y ¡pobre chica!

-¡Pobre Hilka!

-Tenemos que actuar deprisa para no darles tiempo.

-¡Claro!

-Hay que exprimir a ese tipejo de la brillantina, el de la empresa de alquiler de coches. Puede estar metido en el lío.

-¡Eso!

Bill extrajo el portátil de la mochila y conectó con Internet. El padre de Clara se había movido a velocidad de vértigo desde su despacho de Barcelona y ya había respondido al último mensaje. Decía:

Hola, chicos:

He verificado la dirección que me habéis enviado de los

Grupos activos de lucha ecológica

Cuidado. La cosa se está complicando mucho. He podido averiguar, gracias a la policía de varios países, que esos mensajes han sido enviados a través de un servidor que está situado en el norte de Europa y tiene la característica de garantizar el anonimato a los usuarios. Es decir, que no podemos saber desde dónde ni quién los ha mandado de veras.

Nos lo están poniendo difícil...

También había una respuesta de tía Marilyn.

Bill:

Los mensajes del portátil de Hilka son preocupantes.

Voy a retrasar unas horas mi viaje a San Francisço para hablar con unos periodistas de investigación que conocen bien la tragedia de los secuestros de menores.

Mucho ojo.

Marilyn.

Tan pronto como estacionaron la furgoneta en el aeropuerto, Cascabel y los ciberchavales se dirigieron al mostrador de la empresa de alquiler de automóviles.

El empleado que se peinaba con brillantina estaba atendiendo a un cliente y los vio. Entonces el labio inferior, que era blando y le colgaba ligeramente, le tembló y procuró mirar hacia otro lado.

Cascabel se colocó detrás del cliente y levantó la voz:

-A ver si termina de una vez, que quiero alquilar un cacharro y tengo prisa.

-Un momento, señor.

Había palidecido y se pasó la mano con nerviosismo por el cabello engominado.

Los chavales no se perdían una coma de lo que estaba ocurriendo.

El de la brillantina no tardó en terminar lo que estaba haciendo. Cascabel apoyó los codos en el mostrador y adelantó la cabezota.

-Quiero que hablemos tú y yo -le dijo con aire de controlarse para no ponerse a vociferar.

-A su servicio, señor.

Cascabel le agarró la corbata y tiró de ella como si fuese la correa de un perro. Poco faltó para que las cabezas chocaran.

-¿Adónde se han llevado a la chica que secuestraron en tus narices sin que hicieras nada? -le preguntó sin soltar la corbata.

-Ya he dicho lo que sabía -murmuró.

Y se puso a sudar. Se quedó empapado. Pura humedad, el cuello de la camisa pasó del azul cielo al oscuro.

-Poco has dicho.

-Se lo he contado todo al policía aquel...

El hombrón lo interrumpió con un farol:

-También él está metido en el ajo, ¿verdad?

-No. No...

Cascabel tiró de la corbata:

-Tú te encargas de vigilar, el poli hace la vista gorda y aparece una ambulancia para secuestrar a chicas guapas. -Elevó la voz-: Acierto, ¿verdad?

El de la brillantina tenía la cara con tonos de cera tintados de cenizas y azules. Parecía que fuera a darle un ataque:

-Se equivoca. Se equivoca.

-No me dirás que es la primera vez que ves la ambulancia del pájaro.

-Quizá la he visto pasar alguna vez.

-¡Vaya! Ya empiezas a recordar cosas.

-Es distinta de las otras.

-Claro, ¡hombre! Es la de los robachicas.

Cascabel dio un tremendo puñetazo sobre el mostrador y el de la brillantina se cayó redondo como si le hubiesen fulminado.

Alrededor del que acababa de caer al suelo se arremolinó un corro de gente.

Bill gritó:

-Un médico, rápido.

Liu, el muchacho de Hong Kong, le tomó el pulso, "la de veces que he visto hacerlo a mi padre".

Afirmó con aplomo:

-Es un desmayo.

Continuó diciendo para sus adentros: "Quizá sea este tipo un gran actor y se haya inventado una caída de teatro para salir del paso... Cascabel lo tenía acorralado, y ahora... Veremos..."

El policía del pelo de erizo se acercó con paso rápido y gritó:

-Apártense.

-Liu aseguró:

-Le noto el pulso y el corazón.

Cascabel, al ver al agente, se apartó del grupo mientras pensaba: "Tengo que esfumarme. Estoy fichado y no quiero que ese bruto me detenga ahora."

Clara le hizo un guiño y se dijo: "Haces muy bien... Aléjate de ese poli, Cascabel." Abrió el bolsito, se puso una pulsera del color de los semáforos en rojo y levantó la mano para que el hombrón pudiera verla bien.

El de la brillantina acabó por recuperar el conocimiento e insistió en marcharse a casa tras decir:

-Me he encontrado mal y me he mareado y...

El policía quiso saber:

-¿Ha tenido algún problema?

-No.

-¿Le ha atacado alguien?

-Nadie.

-¿Quiere declarar algo más?

-Nada.

Los ciberchavales observaban al hombre con los ojos muy abiertos. El policía les señaló:

-¿Le han molestado estos chicos?

Volvió a negar con la cabeza.

Clara se dijo: "Me parece que este tipo es un mentiroso de mucho cuidado."

Tan pronto como se esfumó el de la brillantina, el policía pelopincho llamó a los cíber:

-¡Eh!, vosotros... -E insistió-: Sí, vosotros. Acercaos, que tenemos que hablar.

Los chavales lo miraron a los ojos, y el agente les soltó:

-Vaya casualidad. Aparecéis y se desmaya el tipo ese. Precisamente el que ha dicho haber visto cómo se llevaban a vuestra amiga. -Con ironía-: Demasiada casualidad, ¿no os parece?

Bill le miró con descaro:

-¿Ha recibido nuestro e-mail?

-Oye niñato, que no soy tu secretaria.

-¿Se ha fijado en la dirección desde la que mandaron los mensajes a Hilka?

El policía se llevó las manos a la cintura y estalló:

-Me he fijado en que vuestra Hilka tenía más amigos que los que suponíais. Si hasta les dijo en qué vuelo iba a llegar... ¿No sería que esperaba encontrarse con ellos en el aeropuerto? ¿No sería que pensaba largarse con esa gente?

-Los de los mensajes no son amigos de Hilka.

-¿Y tú que sabes?

-La conozco mejor que usted.

-Quizá vuestra amiga os ha dejado plantados. -Se dirigió a Clara-: Aunque la policía de Barcelona me jure que es una buena chica, yo no pondría la mano en el fuego por ella.

Bill apretó los puños:

-¿Se ha fijado en que los mensajes que recibió vienen de un servidor que los convierte en anónimos?

El policía apretó los dientes, y los huesos se le marcaron en el rostro. Daba miedo.

-¿Cómo lo sabes? -preguntó al chaval.

-Tecleando en el ordenador.

-No te creo.

Clara miraba al agente con hostilidad: "En el fondo, este tipo no está haciendo nada para encontrar a Hilka. Quizás esté convencido de que se ha escapado... O lo que es peor, puede estar metido en la banda de secuestradores... ¡Qué horror!" Los ojos se le enrojecieron.

Gautam, con disimulo, se acercó al rincón de Cascabel.

-¿Qué te parece el poli? -le preguntó.

-No me gusta nada.

-¿Qué hacemos?

-Dejad que hable hasta que se canse. Luego nos encontraremos en la furgoneta. Allí os estaré esperando.

Cuando los chavales llegaron al estacionamiento de coches, vieron a Cascabel con un teléfono móvil. Estaba sentado en el asiento del conductor y parecía examinar el aparato.

-¿A quién llamas? -le preguntó Clara.

-A nadie. No es mío.

-¿De quién es?

-Del médico de la cara arrugada que vino al hotel.

-¿Se lo has robado?

-No. Sólo se lo guardo en depósito hasta que venga a buscarlo.

-¿Por qué lo has hecho?

-Por si necesitamos preguntarle más cosas

sobre lo que ha visto persiguiendo a la ambulancia.

-Podías llamarle al hospital.

-Prefiero que me venga a domicilio -dijo con tono barriobajero.

Bill lo miró con desaprobación.

Clara insistió:

-Podías llamarle al hospital. No tenías por qué guardarle en depósito el teléfono.

Cascabel puso en marcha la furgoneta. Al salir del estacionamiento, dijo como si hablara para sí mismo:

-Quiero a Hilka como a una hija, y voy a seguir todas las pista que pueda.... No me fío del poli del pelo de cepillo, ni del tío peinado con brillantina ni del médico de la cara arrugada. Desconfío de todos los que han estado cerca de lo que ha pasado... Me huelo que el asunto es muy gordo y muy sucio...

-¿Era necesario birlarle el teléfono? -preguntó Gautam.

Ya os lo he dicho. Volverá a buscarlo, y podremos hacerle más preguntas. Es la única manera de lograr que metan la pata.

-Hubiera preferido llamarle al hospital y quedar con él -dijo Liu.

-Pues llámale. ¿A ver qué te dice?

Súbitamente les adelantó un coche en el que iba el policía pelopincho con el de la brillantina. Parecía que hablaran como compinches.

Tan pronto como Cascabel y los cíber llegaron al hotel, les dieron una nota que había dejado Bob Hillsmart. El médico decía:

Amigos:

Seguramente he olvidado mi teléfono móvil en vuestra habitación.

Volveré a buscarlo esta noche. Por favor, dejadlo en la recepción.

Muchas gracias.

Doctor Hillsmart.

Cascabel se llevó el dedo al ojo:

-Os lo dije.

Los cíber pusieron cara de póquer.

Bill musitó:

-Veremos.

El hombrón indicó a la recepcionista:

-Estaremos en la habitación. Si viene el doctor Hillsmart, dígale que suba. Le estaremos esperando.

Pidieron bocadillos y refrescos, y cenaron en la habitación de Clara. Mientras masticaba sin apetito, Bill andaba por Internet en busca de cosas de San Francisco.

Por fin apareció el médico:

-¿Os han entregado mi nota?

-Claro -afirmó Cascabel.

Los ciberchavales le observaban con curiosidad.

-Me dejé aquí el teléfono, ¿verdad?

-Aquí está.

El hombrón se lo devolvió.

-Gracias, gracias... Me lo he olvidado ya un par de veces.

El médico parecía más delgado aún. Tenía tantas arrugas en la cara.

Mientras tanto, Bill seguía tecleando en el portátil.

"Voy a surfear en los buscadores -se dijo-. Vamos a ver si descubro algo."

Después de varias cosas, introdujo la siguiente dirección:

http://www.bigbook.com

Esa dirección era un *Bigbook* -una especie de págias amarillas- en el que se anunciaba una lista de hospitales. Hizo clic, y le preguntaron *qué* y *dónde*.

What: ***Where:***

En *What:* introdujo la palabra:

Hospital

En *Where:*

San Francisco Ca

Y llegó a una lista de hospitales de San Francisco. El chaval recordó: "El médico este nos ha dicho antes que trabajaba en el Palm Convalescent. Vamos a ver dónde está." Lo buscó en la lista.

"No lo veo, no lo veo. Salta del Pacific Coast Hospital, que está en el 1210 de Scott Street, al Parc Pacific Convalescent Hospital en el 1421 de Broderick Street. Pero ni rastro del Palm Convalescent... ¡Qué raro!"

Miró de arriba abajo al doctor, que estaba diciendo en aquellos momentos:

-Pensé que me habían robado el teléfono. Hoy día hay tanto ladrón suelto... -Se llevó las manos a la cabeza-: Te roban el alma sin que te des cuenta.

Cascabel lo observó con mueca de guasa:

-Hay que andarse con ojo. El que se descuida, está listo. Sí, señor.

Los cíber miraban a otra parte para no meter la pata.

-Perder el teléfono es peligroso -aseguró el médico con tono quejumbroso-. Los ladrones son muy listos. Pueden descubrir la contraseña, ponerse a hacer llamadas a la otra punta del mundo y arruinarte.

Bill, ahora para quemar ansiedad, navegaba por los hospitales de la lista que tenía ante los ojos, "¿nos habrá engañado el médico este?"

Se detuvo en el Saint Francis y llegó a los servicios que ofrecía, "...cirugía plástica..., fisioterapia..., ortopedia..., geriatría..." Luego se fue al Mission Bay Convalescent Hospital. Y llegó a verlo situado en un plano de las calles de San Francisco, en la Avenida de Pennsylvania. Hizo lo mismo con otros centros médicos y jugó con el *zoom* para modificar el tamaño de las calles y del pedazo de ciudad que los rodeaba. "Están muy bien estos planos. Si alguien tiene una urgencia, se ve muy claro cómo llegar a la primera."

Cascabel decidió atacar frontalmente al médico, y le soltó:

-¿Conocía usted a ése de la empresa de coches de alquiler del aeropuerto?

-¿A quién?

-El que dice haber visto cómo se llevaban a Hilka en una ambulancia.

-Ah, el tipo aquel.

-Sí. El de la brillantina.

-Ya.

-¿Lo conocía?

-No -aseguró poniendo la boca en forma de pequeño círculo rodeado de arruguitas.

Bill siguió tecleando en el ordenador con

ritmo enfebrecido. Ahora se metió en *Lycos* y se fue al *rastreador de personas*:

People Find

"Vamos a ver si encuentra en San Francisco al médico este que está a punto de recibir un sopapo de Cascabel. -Le miró de reojo-. Vamos a ver..."

Introdujo los datos siguientes:

Last Name: Hillsmart
First Name: Robert
City: San Francisco
State: California

No obtuvo ninguna dirección ni teléfono. "Qué raro... No encuentro el hospital en que dice trabajar... Tampoco tiene dirección ni teléfono. ¡Qué raro!"

Insistió en buscar el nombre de Robert Hillsmart, esta vez en el Estado de California, y luego con carácter general.

No apareció una sola persona que se llamase así.

"¡Madre mía! Este kane parece un fantasma -dijo para sus adentros-. Vaya pilikia... Esto me huele muy, pero que muy mal. Fatal..."

En su lenguaje secreto -el hawaiano- *kane* significaba "hombre" y *pilikia*, "problema".

El chaval notó mucha presión en la cabeza, como si buceara, y se fue a comprobar si tenía nuevo correo.

Sí, había llegado un e-mail del padre de Clara:

INFORMACIÓN RESERVADA
Chicos:

Id con mucho cuidado. Me han llegado nuevos datos que demuestran que las redes de tráfico de menores están tan bien organizadas que hasta cuentan con algunos miembros corruptos de la policía.

No os fiéis de nadie. Espero poder enviaros muy pronto más información.

Sigamos en contacto.

Bill se preguntó: "¿Querrá decirnos que el poli pelopincho está metido en el secuestro de Hilka? -Clavó los ojos en el médico que estaba sufriendo el interrogatorio impertinente de Cascabel-. A lo mejor este pobre hombre es inocente, y yo estoy sospechando sólo por una serie de coincidencias... Quizá no aparezca su nombre en *People Find* por algún error..."

De repente, Cascabel agarró al médico por las solapas y lo levantó del suelo:

-Venga, macaco. Habla de una vez.

-Yo..., yo... -dijo en un balbuceo.

Parecía una figura de alambre entre las garras de un oso, que le espetó:

-No me trago que aparecieses en el hotel sólo para curar esa pequeña herida de Bill.

El médico agitó los pies sin lograr apoyarlos.

-¿No cree en la bondad del ser humano? -acertó a pronunciar de forma inconexa.

Cascabel lo dejó caer y el doctor Hillsmart fue a dar con sus huesos en el suelo.

Entonces, llamaron a la puerta. Había llegado Yoshio, el chaval japonés, con la mochila en que solía llevar el portátil.

-¿Se sabe algo de Hilka? -preguntó mirando interrogativamente al hombre que estaba tirado en la moqueta.

-Nada.

El doctor dijo:

-Lo que ha sucedido es el fruto de la tensión por el secuestro. No voy a tomarlo en cuenta.

Yoshio ignoró sus palabras e insistió:

-Contadme. ¿Qué estáis haciendo para encontrarla?

El médico se despidió:

-Bueno, adiós. Si me necesitan, estaré encantado de ayudar en lo que pueda.

Bill anduvo tentado de preguntarle por su hospital, por su dirección; pero prefirió morderse la lengua. En cuanto el doctor Hillsmart salió de la habitación, el chaval urgió a Cascabel:

-Hay que seguirle. No aparece en Internet su nombre ni su hospital.

-¿En qué estás pensando?

-Vamos, te lo contaré por el camino. -Señaló a Yoshio-: Será mejor que te quedes en la habitación, estaremos conectados por nuestros portátiles.

Mientras corrían para no perder el rastro del médico, Bill resumió a Cascabel en dos palabras lo que había visto en Internet.

No podían imaginar que en aquellos momentos el policía del pelo de erizo había salido del aeropuerto y se dirigía hacia allí -con cara de destripador- en busca de los ciberchavales.

E96

Hilka y y la chica de París se encontraban en la habitación del sótano esperando el momento de entrar en el quirófano.

El cara sonrosada llevaba un vendaje en la cabeza como consecuencia del golpe que le habían dado con la silla y apareció para anunciarles comiéndose los labios:

-Empezaremos por extraeros los ojos.

Las chicas lo miraron horrorizadas.

-Denos otra oportunidad -dijo Hilka aproximándose al hombre.

Pero no la dejó avanzar. La encañonó con una pistola:

-Quieta. No voy a permitir que me ataques otra vez, ¿te enteras?

Simone insistió:

-Dígale al encapuchado que queremos hablar con él.

-Se ha ido ya. -Sonrió con perversidad-: Y vuestra suerte está echada. Nada que hacer.

-Llámele y dígale que queremos verle.

-Basta de trucos. -La voz se le astilló-: Después de los ojos, os extraeremos un riñón y os dejaremos con vida hasta que llegue el momento terminal de quitaros el segundo riñón, el hígado, el corazón.

Experimentó un gozo malsano con lo que estaba diciendo. En cuanto vio que rompían a llorar, las encerró de nuevo y se acercó a verificar lo que se estaba preparando en el quirófano.

Simone, con los ojos perdidos en la nada de la pared, pensó en voz alta:

-Secuestran a chicas como nosotras, que estamos lejos de casa, para que las familias no puedan reaccionar enseguida. Claro...; cuando se enteran, ya es tarde. Ya están muy lejos..., o divididas en piezas para trasplantes. ¡Es espantoso!

Hilka trató de sobreponerse aferrándose a una idea:

-Los ciberchavales pueden salvarnos.

Simone suspiró:

-¿Tú crees?

-Es nuestra única esperanza.

Con voz temblorosa:

-Queda tan poco tiempo.

La chica alemana trató de huir de la angustia hablando de los cíber:

-Yoshio es un fan de los ordenadores. Su familia tiene un negocio de informática en Tokio y se pasa la vida surfeando por Internet. Con él he vivido aventuras tremendas... Una vez, en Tijuana, me colgaron cabeza abajo y luego me encerraron en un sótano lleno de ratas, y... ¡Y logramos escapar! Quizá lo consigamos otra vez.

Simone suspiró:

-¡Dios te oiga!

Hilka siguió hablando de sus compañeros del club:

-Bill y Clara son novietes. Si vieras con qué ojos lo mira ella. Se le nota tantísimo... Da gusto verla tan enamorada.

-¿Están en San Francisco?

-Bill vive aquí, y los demás deben de haber llegado ya. -Súbitamente se acordó del padre de Clara y estalló-: ¡Es policía!

-¿Quién?

Se lo explicó, y siguió hablando de Liu y Gautam. Concluyó diciendo:

-Son los peques del grupo. Son fenomenales. Gautam se muere de ganas de organizar una gran excursión en bicicleta, y Liu es el mejor cocinero del mundo.

Sorprendía que allí y entonces fuesen capaces de hablar de aquellas cosas.

-Me hubiera gustado entrar en vuestro club, pero me parece que todo está acabando para nosotras.

Se abrió la puerta y apareció el cara sonrosada acompañado del conductor de la falsa ambulancia. Los dos empuñaban pistolas y obligaron a la chica alemana a salir de la habitación.

Hilka y Simone se dijeron adiós con voz rota.

Llevaron a Hilka hasta el quirófano. Allí estaban esperándola con las mascarillas puestas un cirujano, un anestesista y dos enfermeras.

La chica dio un paso atrás, pero recibió un empujón del cara sonrosada.

-¿Van a hacerlo? -preguntó ella-. ¿De veras van a arrancarnos los ojos?

-Claro, imbécil -soltó el que acababa de empujarla.

Hilka trató de salir corriendo, y recibió una patada en el tobillo que la proyectó contra la pared.

Entonces, se encaró con los que estaban a punto de dejarla ciega:

-¿Cuánto les pagan por hacer una cosa así? Miren, miren bien mis ojos. ¿Van a ser capaces de quitármelos sólo por dinero? ¿Qué clase de monstruos son ustedes?

El cirujano ordenó:

-Preparen la anestesia.

BANG
BANG
BANG
BANG

Bill y Cascabel vieron que el doctor Hillsmart salía del hotel por la puerta principal y pedía un taxi.

Corrieron, y se metieron en otro. El médico doblaba ya la esquina.

-Sígalo -ordenó el hombrón.

El conductor arrancaba cuando apareció Clara a toda velocidad:

-Voy con vosotros.

-Venga, rápido.

Cascabel agitó un billete de veinte dólares:

-Si no perdemos de vista a ese taxi, es suyo.

-Será mío, señor.

Agitó otro:

-Si no se dan cuenta de que les seguimos, le caerán cuarenta.

-Me ganaré los cuarenta, señor. De noche conduzco mejor.

Dejaron atrás Union Square y avanzaron por la calle Geary. Bill conectó el portátil a Internet y puso un e-mail a Yoshio:

Yoshio:

Vamos siguiendo al taxi del médico que has visto en la habitación del hotel. Estamos en la calle Geary. Nos dirigimos al oeste de la ciudad.

Bill.

Entonces, verificó si tenía correo y vio que había recibido un mensaje de su tía Marilyn.

Bill:

Un periodista de investigación, que es amigo mío, me ha dicho dos cosas.

Primera: En San Francisco ha habido recientemente por lo menos tres secuestros de menores realizados con ambulancias falsas.

Segunda: Mi amigo sospecha que esos traficantes de menores tienen su centro de operaciones por la zona de Lincoln Park, cerca del puente Golden Gate.

Mucho ojo.

Marilyn.

Bill hizo que el e-mail rebotase inmediatamente en el portátil de Yoshio, y se dijo: "Lincoln Park queda hacia el oeste, y nosotros estamos avanzando precisamente hacia allí... Vaya, ¡vaya...!"

Yoshio estaba pendiente del ordenador, y en cuanto leyó los dos mensajes se puso a navegar por la red. Introdujo la siguiente dirección:

http://www.sfbay.yahoo.com

Vio las opciones que se le ofrecían y eligió:

Maps and Views

Entre las nuevas posibilidades, hizo clic en:

Other Maps

Y de ahí se fue a:

WHERE San Francisco

Apareció una lista de los distintos sectores de la ciudad y un plano en que estaban señalados.

El chaval fue haciendo clic sobre esos nombres. Obtuvo en pantalla información y planos con calles más detalladas.

Verificó el correo. Tenía un nuevo e-mail de Bill.

Yoshio:

Ahora estamos en la calle California, entre Presidio y Lyon, por Laurel Heights.

El taxi se ha parado y el médico se ha metido en una casa.

Esperamos escondidos en una esquina para que no nos vea. Menos mal que es de noche.

Los ciberchavales no podían imaginar que Hilka había entrado ya en el quirófano.

El muchacho japonés hizo clic sobre Laurel Heights y situó la casa en la calle California. En la información que acompañaba al plano se decía que aquel sector era residencial con tiendas en la calle Sacramento.

Yoshio andaba muy metido en el ordenador. Liu y Gautam estaban a su lado y no se perdían una coma de lo que sucedía.

Súbitamente llamaron a la puerta de la habitación y apareció el policía pelopincho y un teniente.

-¿Se sabe algo de Hilka? -inquirió Yoshio.

-Nada -dijo el teniente.

-¿Qué estáis haciendo? -preguntó el del pelo de erizo.

-Jugamos con el ordenador.

-Ya... -Los apuntó con el dedo-: ¿Dónde está la parejita?

-Bill y Clara han salido

-¿Por dónde andan? -insistió.

-Por la ciudad.

-¿Tardarán en volver?

-¿Quién sabe? -dijo Yoshio.

-Muy bien. Esperaremos.

Gautam opinó:

-Pueden tardar bastante.

Los policías se sentaron uno en cada cama, y el teniente señaló al pelopincho:

-Goldsmith, aquí presente, se ha llevado al de la empresa de coches de alquiler para interrogarlo... Y se ha encontrado con que tiene toda una historia de ataques de corazón, ¿verdad Goldsmith? -El policía peinado a cepillo asintió con la cabeza-. Podía haberse quedado seco en el aeropuerto cuando se ha desmayado. -Se rascó la nariz de patata-. Hemos estado investigando y resulta que está limpio.

Ben Goldsmith, el policía pelopicho, con voz cortante:

-El hombre está hundido porque cree que tendría que haber hecho algo para evitar que se llevasen a vuestra amiga en esa ambulancia.

Los cíber lo miraban con desconfianza. Yoshio seguía con un ojo en el portátil.

El teniente, un hombre bajo y fornido, se dio cuenta de que los chavales no confiaban en el del pelo de erizo y dijo:

-Sé que ha habido algún policía corrupto que se ha mezclado en actividades criminales de tráfico de menores. Pero quiero dejar muy claro que Goldsmith -apuntó con el dedo al pelo de cepillo- es un agente honestísimo.

Decía la verdad.

Gautam reflexionó: "Si el brillantina es inocente... y el poli este también. ¿Entonces...?"

El pelopincho sentenció:

-Dudasteis del conductor de aquella ambulancia que paró en el aeropuerto..., ¿verdad?

Gautam repuso:

-Con la primera metimos la pata, pero luego nos encontramos con otra... ¡y acertamos! Vaya persecución de película por la calles emp...

El policía le interrumpió.

-El conductor de la primera -dijo "la primera" silabeando- vigilaba el vestíbulo del aeropuerto porque su novia trabaja allí. Lo hemos comprobado. A veces va a recogerla, ¿te enteras?

Yoshio vio que tenía un nuevo e-mail de Bill:

El médico ha vuelto al taxi con una cartera. Seguimos tras él por la calle California. Estamos llegando a Richmond.

El chaval japonés hizo clic sobre el distrito de Richmond y vio la calle California. En pantalla se decía que era zona de restaurantes chinos y pubs irlandeses.

El taxi del médico se detuvo ante la casa en que Hilka estaba a punto de perder los ojos. El doctor Hillsmart pagó, y le salió al encuentro el cara sonrosada empuñando una pistola:

-Adelante. Estamos en ello.

Entraron por una puertecilla que se encontraba junto a la del garaje y la cerraron con llave.

Bill se dijo: "Vaya vendaje lleva en la cabeza ese pistolero. Voy a mandar otro e-mail a Yoshio."

Y se puso a teclear:

El doctor Hillsmart ha llegado a una casa, y ha salido a recibirle un hombre con pistola.

Esto no me gusta nada. Avisa a la policía ahora mismo, no hay más remedio.

Escribió la dirección de aquella casa y envió el mensaje.

Cascabel acarameló la voz y dijo a su taxista:

-Vamos a bajar del coche para observar. ¿Nos acompaña?

Añadió dos nuevos billetes a la expectativa de propina y se los mostró.

El conductor dudó. "El tipo ese va con los chavales y no creo que vayan a atracarme. Encima, la propina no está nada mal..." Y acabó por unirse a ellos.

-¿Tiene asegurado el coche a todo riesgo? -preguntó Cascabel.

-¿Por qué?

-¿Lo tiene?

-Bueno, sí.

-No sé... He notado un ruido sospechoso en el freno. -Cascabel se puso al volante-: ¡Fíjese!

Se ajustó el cinturón de seguridad y aceleró con todas sus fuerzas hasta que el taxi se estrelló contra la puerta del garaje.

Se la llevó por delante. El coche siguió avanzando y se empotró en la pared de la antesala del quirófano.

Cuando se oyó aquel estruendo el anestesista estaba a punto de dormir a Hilka.

Parecía un terremoto.

El cara sonrosada distinguió a Cascabel dentro del taxi y disparó varias veces. Los médicos, enfermeras y el conductor de la falsa ambulancia salieron a escape. El encapuchado se ocultó en un rincón.

Cascabel, sin salir del coche, se defendió a tiros. Hizo que el cara sonrosada mordiese el polvo y muriera echando sangre por la boca.

El encapuchado trató de llegar al quirófano para usar a una de las chicas como rehén, pero Cascabel salió del taxi y lo agarró por el cuello.

Le quitó la capucha y, bajo la tela negra, descubrió al médico de la cara arrugada que habían ido siguiendo hasta allí. Era el mismísimo doctor Hillsmart.

Cascabel apoyó el cañón de su pistola en la nuca del doctor Hillsmart y le obligó a entrar en el quirófano.

Al verle, Hilka estalló.

-Cascabel, por favor, sácame de aquí... -Y en un aullido-: Simone está encerrada al lado...

Le pareció que la salvaba un oso panda lleno de luz.

El hombrón hizo que Hillsmart la desatase. Luego liberaron a la chica de París.

Bill y Clara entraron a la carrera por la puerta destrozada del garaje. Se abrazaron a la chica alemana:

Hilka..., ¡Hilka!

De repente se oyeron sirenas de coches de policía.

Cascabel exclamó:

-Tengo que evaporarme. No quiero que me vean los tipos esos que llegan con uniformes tan feos.

Antes de desaparecer, encerró al doctor Hillsmart en la habitación del sótano en que habían estado recluidas las dos muchachas.

En el interior de la cartera que le arrebató se encontraba una lista de ciudades a las que se enviaban los jóvenes secuestrados y otra de traficantes de ojos, riñones, hígados, corazones... ilegales.

Se las dio a los chavales:

-Entregádselas a tía Marilyn... y decid a todo el mundo que el héroe del día ha sido el taxista. A mí no me habéis visto, ¿estamos?

Cuando llegaron a la habitación del hotel, se encontraron precisamente a tía Marilyn con Liu, Gautam y Yoshio.

Al portátil del chaval japonés acababa de llegar un e-mail del padre de Clara:

Hola, chicos.

¡Hilka liberada!

Estoy conectado con la policía de San Francisco y me han enviado algunos datos:

El tal doctor Hillsmart -que en realidad se llama Hall- fue médico hasta que le expulsaron. Es responsable de un buen número de secuestros de menores y de su venta a clientes de varios países. También del crimen de tráfico de órganos. Ha amasado gran fortuna y tiene un palacio en una isla con su propio harem.

Para cazar jóvenes, cuenta con proveedores en grandes ciudades a los que trata de una forma tiránica, y es conocido entre ellos como "el Comprador".

La ambulancia con que se efectuó el secuestro de Hilka es falsa. La matrícula, falsa. La compañía de ambulancias, también falsa.

La policía ha detenido a una de las enfermeras y al anestesista, y se confía en que pronto caerá el resto de la banda.

La policía de San Francisco va a llamar a las familias de Hilka y Simone. Deberíais avisarlas.

Hilka telefoneó a Berlín y habló con su madre. "Qué susto la pobre..., y eso que he intentado contarle la mitad de la mitad..."

Luego Simone llamó a París.

La chica alemana colocó un par de almohadones en la cabecera de una cama, se recostó. Habló y habló, y no se detuvo hasta que les contó la aventura de pe a pa.

Simone prefirió permanecer de pie, apoyada en la pared, y fue asintiendo y añadiendo comentarios con los ojos muy abiertos.

Marilyn -que era de esas mujeres que tratan de disimular lo guapas que son- estaba al mismo tiempo horrorizada por lo ocurrido y entusiasmada con la liberación de las muchachas.

-Lo del tráfico de órganos es espantoso -dijo-. Un periodista me ha asegurado que no hace mucho un estudiante conoció a una chica en un viaje a Londres, y ella le puso un somnífero en la bebida. Cuando se despertó, se encontró con que le habían robado un riñón.

-Después de lo que nos ha pasado, no me cuesta creerlo -aseguró Simone.

Se produjo un silencio, y Gautam -el muchacho hindú- aprovechó para proponer con intención de olvidar el mal trago:

-Volvamos a nuestra liga.

-Buena idea -exclamó Hilka-. ¿Quién pregunta?

-Me toca a mí -afirmó Yoshio.

-Venga, dispara.

-Suéltala, ya.

El chaval japonés tomó el portátil y buscó la que tenía preparada:

-¿Qué músico ha dicho esto...? -Y leyó-: "Creo que cuando escuchan nuestros discos les decimos lo buenas que podrían ser sus vidas."

Tenían unos dados, y los echaron para ver quién comenzaba a buscar la respuesta en Internet.

Ganó Hilka:

-Mi suerte ha cambiado de repente.

Y le cruzó una idea: "Me parece que últimamente Yoshio se ha aficionado a Oasis."

Se fue a la *home page* de Oasis y allí estaba la respuesta en:

http://www.oasisinet.com/

-Mira, mira... Estoy en racha. Aquí está la frase. Es de Noel Gallagher.

-¡Premio! -exclamó Yoshio encantado con el golpe afortunado de Hilka.

-Venga, otra pregunta -soltó Gautam.

-Me toca a mí -dijo Hilka.

Y no tardó en encontrar en su portátil la que se refería a música y ecología.

-¿A ver?, ¿de qué se trata?

La muchacha de Berlín leyó:

-¿De qué tribu amazónica es jefe Raoni? Como ayudita, el roquero Sting acompañó a Raoni por medio mundo para que la gente se diera cuenta de lo que les está sucediendo a los indios.

Desde la ventana se veía el lucerío de la noche de San Francisco. En el edificio de enfrente, más o menos a la misma altura, estaba hospedado Cascabel con nombre falso en una lujosa habitación y dormía a pierna suelta.

Hilka miró a Simone, y luego dejó caer:

-Ya sé que elige la ciudad del próximo viaje quien gana la liga, pero hoy me gustaría aprovecharme de la ocasión y proponer París para nuestro próximo encuentro.-Con gesto zalamero-: Si todos estáis de acuerdo...

Todos aplaudieron la idea.

servicom
El Servicio Online de Internet

ANAYA MULTIMEDIA

Enviar esta página por correo a:

SERVICOM
Apartado de correos 701
28080 Madrid

Fax: 91-661 46 64